KB008700

소설 보다: 겨울 2023

펴낸날   2023년 12월 7일

지은이   김기태 성해나 예소연
펴낸이   이광호
주간   이근혜
편집   윤소진 김필균 이주이 허단 방원경 유하은
마케팅   이가은 최지애 허황 남미리 맹정현
제작   강병석
펴낸곳   ㈜문학과지성사
등록번호   제1993-000098호
주소   04034 서울 마포구 잔다리로7길 18(서교동 377-20)
전화   02)338-7224
팩스   02)323-4180(편집) / 02)338-7221(영업)
대표메일   moonji@moonji.com
저작권 문의 copyright@moonji.com
홈페이지   www.moonji.com

ⓒ 김기태 성해나 예소연, 2023. Printed in Seoul, Korea
ISBN 978-89-320-4234-3 03810

소 설 보 다   겨울

2023

차례

김기태

보편 교양 7

성해나

혼모노 61

예소연

우리는 계절마다 123

보편 교양

김기태

2022년『동아일보』신춘문예를 통해 작품 활동을 시작했다.

종료령이 울리면 학생들은 교실을 빠르게 떠났다. 곽은 출석부와 태블릿, 두세 권의 책, 황동 클립으로 묶은 학습지를 상아색 에코백에 넣었다. 두꺼운 직물을 단단히 박음질한 가방이었다. 그걸 구매한 런던의 고서점을 잠시 회상하면 교실이 텅 비었다. 몇몇 책상 위에는 수업 중 배부되었던 학습지가 그대로 버려져 있었다. 그것들을 반듯하게 모아 교실 뒤편 분리수거함에 넣을 때면 가정통신문도 앱으로 배부되는 시대인데 자신의 수업은 너무 많은 종이를 소모하지 않나 고민했다.

복도는 이동하는 학생들로 소란스러웠다. 꼭 다

음 수업 교실로 향하는 건 아니었다. 친구를 만나려고, 간식을 사 먹으려고, 혹은 그냥 움직이는 게 즐거워서 움직이는 듯 보였다. 곽은 좁은 계단을 내려가다 체육 수업을 마치고 올라오는 한 무리의 십대들 사이에 갇히고는 했다. 땀과 열기와 웃음 속에서 곽은 "실례합니다"라고 말하며 가방을 품에 안았다. 윤동주의 「쉽게 씌어진 시」에 나오는 '늙은 교수'를 떠올린 날이 있었다. 현실과 괴리된, 정체된, 그래서 화자로 하여금 부끄러움을 느끼게 한다고 해설되는 이미지. 그 늙은 교수는 적어도 "노-트를 끼고" 강의에 출석하며 밤마다 육첩방에서 시를 쓰는 성실한 제자를 두었다. 나는 늙지도 않았고 교수도 아니다. 그렇게 생각하다 '늙지도 않았고' 부분의 판단은 유보했다.

수년 전 수업 시간이었다. 시였는지 소설이었는지 기억나지 않지만 수능 대비 교재에 수록된 70년대, 혹은 60년대 작품이었다. 권력의 억압에 훼손된 개인의 자유를 형상화하며 반성과 실천을 독려하는…… 식의 설명을 마쳤을 때 맨 앞줄 학생이 질문했다.

"선생님도 민주화 운동 했어요?"

곽은 학생이 박정희 정권 때 무엇을 해보았느냐고 묻는 건 아니며, 늦춰 잡아 전두환, 그러니까 80년

　　　　　　　김기태

대쯤을 상상한 거라고 가정했다. 그 시대에 자신이 한 일이 있다면 하나, '태어나는 일'이었다. 곽은 자기가 그렇게 늙어 보이는지, 학생이 근현대사 연표 학습을 게을리한 것인지 잠시 고민했다. 지루한 수업 분위기가 전환되길 기대하며 분유나 기저귀 같은 단어가 포함된 유머로 대답했다. 주름 개선 화장품 2종을 추가해 피부 관리 루틴을 체계화했다. 가끔 혼자 재치 있는 대답을 만들어보기도 했다. "독립 운동을 했냐고 묻지 그래요?" 같은 말. 미시사를 포함한 세 권의 역사서를 읽고 '인간이란 자기가 살지 않은 과거는 뭉뚱그리는 관성이 있다'라고 메모했다. 세대론은 의심스러운 도구였지만 젊은 사회학자의 저서는 고교생들의 심성 구조를 상상하는 데에 도움이 되었다. 마흔이 된 지금, 곽은 '동시대'라는 단어에 소유권이 있다면 자신보다는 십대들의 지분이 크다는 걸 납득했다. 교사는 어린 학생들과 생활하며 유치해지기 쉬운 직업이라고들 했다. 퇴행보다는 조로早老가 나았다.

생각은 생각이고 시간은 시간이었다. 충분한 연금 수령액에 도달하려면 15년은 더 일해야 했다. 그 연금을 실제로 받으려면 25년이 남아 있었다. 따지자면 곽은 교무실에서는 젊은 축이었다. 대표전화와 가깝고 방문자에게 등을 보이는 자리. 도서전에서 받은 머그와 저녁 산책을 하다 구입한 스투키 옆에 가방을 내려놓으면 힘이 빠졌다. 밀린 보직 업무를 시작하기 전, 의자에 몸을 묻고 수업을 돌아봤다. 연주하던 기타를 부수거나 관객에게 주먹을 날린 적이 있는 록 밴드들의 음악을 한두 곡 이어폰으로 들었다. 오아시스가 인터뷰에서 "우리는 예전에 끝났어"라며 위악적으로 남긴 말은 재미있었다. 그걸 이렇게 바꿔서 속으로 읊기도 했다.

'교육은 예전에 끝났어. 그러니까 엿 같은 월급이나 내놔.'

냉소는 독이었지만 적당히 쓰면 자기 연민을 경계하는 데에 유용했다. 머그에는 『노인과 바다』의 문장이 새겨져 있었다. A man can be destroyed but not defeated. 인간은 파괴될지언정 패배하지 않는다. 탕비실에서 향 좋은 커피를 내리며 그 문장이 자신에게 사치라는 걸, 자신은 패배는커녕 파괴되지도 않았다는 걸 분명히 해두었다. 아쉬운 월급이었지만 임금노동자 평균수입에 비하면 넉넉했다. 법으로 고용을 보장 받고 실적의 압박이 없으며 냉난방이 원활한 공간

김기태

에서 일했다. 자잘한 연수나 업무가 있긴 해도 방학은 방학이었다. 1년에 두 달을 쉴 수 있는 직업은 많지 않았다. 균형 감각, 계급의식, 뭐라고 부르든 견지해야 할 미덕이 있다면 푸념은 자제해야 했다. 게다가 한국은 대다수의 국민이 10년 이상 공교육을 받는 선진국이므로, 명절의 친척 집이든 독서 모임이든 포털 댓글난이든 모두가 학교와 교사에 대해 나쁜 기억 하나쯤은 있었다. 병원에 가봤다고 의사의 일을, 은행에 가봤다고 은행원의 일을 다 아는 건 아닐 텐데 다들 지나치게 비난한다는 의문이 들기도 했으나, 그만큼 지난 시대 교육이 남긴 상흔이 큰 탓일지도 몰랐다. 곽은 사람들에게 물을 따라 주고 냅킨을 건넸으며 겸손하면서도 정직하고 싶어서 이렇게 말하고는 했다.

"교사는 감사한 직업이고, 가끔은 아주 감사한 직업이에요. 학생에게 뭘 가르치려고 하지 않는다면 말예요."

그래서 하늘이 맑고 바람이 따뜻하고 학생들이 잠드는 5월의 어느 날, 곽은 자신이 수업 시간에 정치적으로 편향된 내용을 가르쳤다는 민원을 교장으로부터 전해 들었을 때 다소 놀랐다. 분노나 환멸보다

잃어버렸던 무엇을 찾은 듯한 반가움이 먼저였다. 곽은 곤란한 표정의 교장에게 이렇게 되물었다.

"제가 뭘 가르쳤다고 하던가요?"

'고전읽기'는 올해 처음 개설된 3학년 선택과목이었다.

곽의 또래들만 해도 정해진 시간표에 따라 종일 한 교실 한 자리에서 꼼짝없이 듣는 수업에 익숙했으므로, 곽이 요즘 고등학생들은 수강 과목의 절반 이상을 선택할 수 있다고 말하면 다들 신기해했다. 선택권을 주는 척만 하고 학교가 행정 편의에 맞춰 배정했던 과거와도 달랐다. '학생이 주체적으로 진로를 설계해 각자의 적성과 흥미를 계발하도록 수요자 중심의 교육과정을 운영할 것.' 그런 문장이 밑줄로 강조된 각종 지침과 사업 안내가 문서함에 끊임없이 하달되었다. 대입종합전형에서도 자기주도성, 전공적합성 같은 평가 요소가 부상한 지 오래였다. 학생이 무슨 과목을 택했는지에서부터 가늠되는 자질이었다. 있는 꿈도 없는 듯 주머니에 쑤셔 넣고 문제집을 푸는 게 과거의 입시라면, 없는 꿈도 있는 듯 만들어서 스토리텔링을 하는 게 지금의 입시였다. 곽은 경

김기태

쟁은 여전히 경쟁이며 선택은 기만이 아닌지 의심하기도 했다. 그러나 학생 주체가 자신의 결정에 따라 배우고 성장할 가능성이 마련되긴 했다는, 그런 원론적인 차원에서 새 교육정책을 얼마간 환영했다.

심리학, 여행 지리, 영상 제작의 이해, 세계 문제와 미래 사회…… 선택과목 안내서를 보다 보면 학생들이 부럽기도 했다. 수능 문제집이 가득한 바구니를 책상 옆에 두고 기계처럼 정답과 오답을 솎아냈던 고교 시절을 돌아봤다. 순수할 정도로 반복적인 문제 풀이도 나름의 근육을 남겼고, 드물게는 정서적 안정까지 제공했으므로 그 시절을 완전히 부정하고 싶지는 않았다. 그러나 졸업할 때까지 관심 분야의 책 한 권 편히 읽지 못하는 걸 '공부'라고 부를 수는 없었다. 동료들이 난색을 표했던 과목인 고전읽기에 곽이 자원한 건, 그 '공부'를 학생들과 해볼 수 있을지도 모른다는 호기심 때문이었다. 고전읽기의 '고전'은 「관동별곡」처럼 수능에 나올 법한 고전문학을 지시하는 게 아니었다. 동서고금의 명저 모두를 뜻했다. 곽은 '지문'이 아니라 '책'을 다루고 싶었다. 객관식 문제를 내기 위해 토막 낸 소설이나 논문을 도식화하는 데에 학생들만큼이나 지쳐 있었던 것이다.

'인간으로서 갖춰야 할 보편적인 교양과 바람직한 인성을 형성하며, 학문이나 직업 활동에 필요한 문제 해결 능력을 갖추고, 읽기는 물론 말하기와 글쓰기 등 통합적인 국어 능력의 향상을 꾀한다.'

그런 과목 취지와 성취 기준만이 존재할 뿐 교과서도 개발되지 않은 과목이었다. '고전을 통해 자아와 세계를 이해한다' 식의 추상적 기준에 뼈와 살을 부여해야 하는 건 담당 교사의 몫이었다. 부담이 크다는 뜻이었지만 곽은 그 부담을 어떤 가능성으로 받아들였다. 새 학기를 앞둔 겨울방학을 수업 준비로 보냈다. 출근은 하지 않았지만 베이글에 바질페스토를 바르는 아침부터 싱잉볼을 문지르고 잠자리에 드는 밤까지 스스로 묻고 답하며 수업의 얼개를 정리했다.

첫째, 인류의 지성사와 예술사에서 고유의 좌표를 차지하는 열 권 내외의 도서를 선정한다. 핵심 내용과 의의를 각각 3차시 내외의 강의와 학습지로 소개한다. 이러한 추천과 해설은 일종의 정전正典주의를 강화할 위험이 있으나 독서 경험이 얕은 학생들에게는 비계를 제공할 필요가 있다.

둘째, 학생들은 지망 전공이나 개인적 호기심에 따라 자유롭게 도서 한 권을 택해 읽는다. 추천 도서

김기태

가 아니어도 상관없다. 실제로 책을 읽으며 꾸준히 독서록을 쓰는 시간을 마련한다. 2차 저작을 고를 수도 있고 발췌독을 해도 무방하다. 제한적으로 이해하더라도 온전한 책을 손에 쥐는 경험은 유의미하다.

셋째, 최종적으로 학생들은 읽은 책을 인용해 자신의 주장을 담은 글 한 편을 쓴다. 주제 탐색부터 개요 조직, 집필과 공유와 퇴고까지 지원한다. 학습이란 입력뿐 아니라 출력도 포함하며, 생각이나 감정을 표현하는 능력은 누구에게나 필요하다. 논지를 뒷받침하기 위해 오래 널리 읽힌 저작의 권위를 빌리는 것은 부끄러운 일이 아니다. 의지하기 위해서가 아니라 도전하기 위해 인용한다면 더 훌륭하다.

먼저 추천 도서를 선정해야 했다. 곽은 현대문학 석사일 뿐인 자신의 독서 이력이 불충분하다고 느꼈다. 그러나 수학 교사가 인공지능을, 윤리 교사가 심리학을 담당하는 일도 흔해지고 있었다. 새 시대에 학생들이 요구받는 새 자질이 있다면 교사도 부담해야 할 몫이 있는 게 당연했다. 곽은 스스로를 고전읽기 수업의 첫 수강생으로 여겼다. 공립 도서관에 출입했고 3층 창가의 채광이 공부하기에 좋다는 걸 발견했다. 수업에서 쓰지 않더라도 물질적이고도 정신적인 자산으로 남을 것이므로 30만 원어치의 도서를 사비로 구입해 집에서도 읽었다. 그중 두 권은 겨울 휴가로 명명한 5박 6일의 싱가포르 여행에 동행했다. 새 과목에서 새 학생들과 읽을 책을 고르는 일이 마치 여행을 앞두고 차에서 들을 플레이 리스트를 편집하는 듯 즐거웠다. 학생들이 각자의 희망 진로와 연관되는 책을 한 권쯤은 발견할 수 있도록 인문계, 사회계, 상경계, 예능계, 그리고 자연과학계까지 고루 배분해야 했다. 대입만을 위한 수업이 아니므로 학제 구분을 넘어 귀를 기울여볼 만한 책들도 포함시켜야 했다. 너무 두껍거나 어려워서 손도 대지 못할 정도는 아니어야 했는데, 그런 이유로 배제하기에 어떤 책들은 의의를 무시할 수 없어서 발췌역 문고판으로라도 다루기로 했다.

겨울방학의 절반이 지났을 무렵 아리스토텔레스의 『시학』과 밀의 『자유론』으로 시작해서 베케트의 『고도를 기다리며』로 끝나는 열한 권의 목록을 작성했다. 고르고 보니 『논어』를 빼면 전부 백인 남성들의 저작이었다. 슈마허의 『작은 것이 아름답다』를 카슨의 『침묵의 봄』으로, 카의 『역사란 무엇인가』를 네루의 『세계사 편력』으로 바꾸었다. 학습지와 PPT 슬

김기태

라이드를 만들고 미디어 자료를 찾았다. 미리 받아둔 예산으로 전용 교실에 새 책장을 집어넣고 추천 도서 다섯 권씩을 비롯하여 연계 도서까지 백여 권을 채웠다. 큐레이션 메모를 컬러로 출력해 코팅해서 붙였다. 학생들이 서점이나 도서관에 갈 필요 없이 손만 뻗으면 책을 읽을 수 있어야 했다. 차분한 암녹색과 진회색으로 교실을 칠하고 타탄체크 커튼을 구매했다. 개학 전날 빈 교실에서 커튼에 핀을 꽂고 있을 때 지나가던 동료가 "정성이네, 정성이야" 하며 거들었다. 곽은 의자에 올라가 커튼을 달며 말했다.

"어때요? 막 책을 읽고 싶어지는 분위기 아니에요?"

3월 첫 수업. 곽은 아끼는 네이비색 재킷을 입었다. 한 번 접은 소매로 살짝 보이는 블루 스트라이프의 안감이 젊고 시원한 인상을 주길 기대했다. 교실에 들어서며 대다수 학생이 노트 한 권, 펜 한 자루 없이 나타났다는 것을 눈치챘지만 불길한 암시로 해석하지 않았다. 선입견을 경계해야 했다. 고전에 담긴 지혜와 아름다움은 닫힌 마음에 스며들 수 없었다. 그러한 조건을 곽 자신도 공평히 수용했다. 수강생들의 성적 자료도 열람하지 않았으며, 담임교사에게 평판을 묻지도 않았다. '학생'으로 통칭하며 '성적'이라는 가치로 파악하는 관성에서 벗어나야 했다. 호르크하이머와 아도르노가 『계몽의 변증법』에서 비판한 동일성 원리란 학교에서 그런 식으로 작동하는 것일 수도 있었다. 곽은 한 명 한 명의 개별성을 포착하기 위해 수강생 스스로 자신에 대해 기술할 수 있는 양식을 나누어 주었다. 수강 신청 동기와 희망 진로, 관심 주제를 포함해 일곱 개의 물음을 담았고, 물론 자유롭게 전하고 싶은 말을 쓰는 칸도 있었다. 대단치 않은 양식이었지만 곽은 그걸 '작은 노력'이라 불러 보기로 했다.

동료들은 이미 퇴근한 저녁. 곽은 에너지 절약을 위해 자신의 책상을 밝힐 만큼의 형광등만 두고 나머지는 껐다. 머그에 따뜻한 홍차를 우리며 '작은 노력'을 천천히 넘겨 보았다. 대다수는…… 빈칸이었다. 조금은 실망스러웠다. 하지만 자기 기술도 연습이 필요한 일이었다. 그동안 교육과정에서 자기표현 기회를 가져본 적이 없었다는 방증일 수도 있었다. 적절한 빛깔로 우러난 홍차에서 티백을 빼고 한 모금을 마셨다. 수강 동기를 묻는 질문에는 '미적분이나 영어는 싫고 그나마 국어라서'라는 답변이 다수였다.

곽은 교육 과정표를 꺼내 봤고 맹점을 발견했다. 졸업 요건을 채우기 위해 과목을 조합하다 보면 3학년 때 '미적분'과 '진로영어', 그리고 '고전읽기'를 저울질하게 될 확률이 높았다. 학업 성취도가 높은 학생들은 이공계 진학을 선호하는 분위기라 대개 미적분으로 모였을 것이다. 대학 학과명에 '글로벌'이 붙은 지 오래였고, 근래에는 '세계시민' 같은 키워드도 인기이므로 인문사회계 진학 희망자에게는 '진로영어'가 유망해 보일 수 있었다. 즉 '고전읽기'에는, 고전을 읽고 싶다기보다 다른 걸 하기 싫은 학생들이 모이기 쉬웠다. 희망 진로 또는 지망 전공을 밝히는 칸에 내심 기대했던 문학이나 사회학은 한 손에 꼽을 만큼 드물었다. 뷰티 매니저, 게임 크리에이터, 실용음악 보컬…… 절반 이상은 '모름'이거나 빈칸이었다. 독서 욕구나 이해력을 지레 짐작하는 것은 옳지 않았다. 고전읽기는 일하고 사랑하고 꿈꾸는 인간이라면 누구에게나 필요한 보편적 교양을 담은 수업이어야 했다. 그날 밤 곽은 사철 제본되어 펼침이 좋은 일기장에 이렇게 적었다.

'수업 첫날의 수강생은 교사의 책임이 아니다. 그러나 수업 마지막 날의 수강생은 교사의 책임이다.'

3월이 지나며 곽은 수업 중에 창밖을 자주 보게 되었다.

교실은 실명 공간이며 모두가 독자적 인격이라는 의미에서 매시간 출석을 부르려 했으나 제대로 되지 않았다. 곽이 교실에 들어서는 시점에 이미 절반은 엎드려 자고 있었다. 노트를 가져온 학생보다 베개를 가져온 학생이 더 많았다. "일어납시다"라고 한들 한두 명이 부스스 몸을 일으킬 뿐, 대개 깊은 잠에 빠져 이름을 불러도 듣지 못했다. 다가가서 깨우면 찌뿌둥한 얼굴로 겨우 일어났다가 곽이 돌아서면 다시 엎드렸다. 수업을 시작하기 전에 활기찬 음악을 틀어보기도 했으나 그런 꼼수도 두어 번이 한계였다. 유머러스한 사례나 시각 자료도 수면 앞에서는 쓸모가 없었다. 곽은 아무리 훌륭한 스탠드업 코미디언도 자는 관객을 웃길 수는 없다는 비유를 생각해냈다. 지적 호기심은커녕 생에 호기심을 잃은 듯한 학생들을 깨우다 지친 날. 사실 주체성이란 드문 자질이 아닌지, 인생을 더 나은 방향으로 영위하려는 꿈과 끼가 모두에게 잠재되어 있다는 믿음은 미신이 아닌지 의심했다. "인간은 굴종을 원해" 운운했던 영화 속 파시스트 악당들을 떠올리며 자신이 그런 의심을

김기태

했다는 사실에 죄책감을 느꼈다. 한번은 종료령도 듣지 못하고 잠든 채 교실에 남아 있는 학생을 흔들어 깨웠다. 새벽까지 게임을 하거나 유튜브를 봤을 거라 짐작하며 어제 무엇을 했길래 이렇게 자느냐고 물었다. 학생은 짜증내는 기색 없이 입가의 침을 훔치며 겸연쩍게 말했다.

"늦게까지 배달을 해서…… 죄송합니다."

사연을 물을지 고민하는 곽을 두고 학생은 목덜미를 긁으며 베개를 들고 교실을 떠났다. 곽은 스무살도 안 된 아이를 밤마다 거리로 내모는 사회가 새삼 무서웠다. 각자의 삶에서 이 수업이란 전혀 중요하지 않으며, 차라리 50분의 숙면이 더 귀할 수도 있지 않을까. 그들을 교실에 가두는 것은 어른들의 욕심이 아닐까. 엎드린 이 학생, 그리고 저 학생도, 억압적인 제도 교육에 대하여 멜빌의 「필경사 바틀비」에 나오는 바틀비처럼 "하지 않겠습니다"라는 메시지를 온몸으로, 그러니까 잠으로 표현하고 있는 것 아닐까.

깨어 있는 학생들 중 다수도 수업을 외면했다. 고전읽기는 수능 과목이 아니었다. 절대평가 과목이라 상당수의 대학은 내신 성적에 산입하지도 않았다. 담당 교사가 기술하는 특기 사항은 종합 전형에 지원하지 않는다면 필요가 없었다. 맨 앞에 앉아서 이어폰을 꽂고 '확률과 통계' 문제집을 풀고 있는 학생을 제지할 수 없었다. 당사자에게는 긴급한 과제임을 곽도 이해했다. 물론 수업에서 소개하는 고전에 귀를 기울이는 게 장기적으로는 더 뛰어난 성취와 풍요로운 삶으로 이어질 거라고 믿었다. 그러나 그 학생의 문제집 아래 깔린 학습지에 곽 스스로 적어둔 것이 있었다. '밀은 『자유론』에서 개인의 행동이 설사 그 자신의 이익과 상충되는 듯 보이더라도, 그러할 자유를 보장하는 게 포괄적 공리에 부합한다고 보았다.' 좋은 수업이란 훌륭한 예술품들이 그러하듯 내용과 형식이 일치해야 했다. 물론 충분히 이성적이지 못한 미성년자의 자유는 제한할 수 있다는 구절도 기억났으나, 밀이 같은 논리로 당시 식민지인에 대한 지배도 정당화했다는 점에 주의해야 했다. 3월이 끝나갈 무렵 곽은 주체, 타자, 대상화, 전유, 포섭, 폭력 같은 단어들이 섞인 일기를 이렇게 끝맺었다.

'······하지만 학생들은 나의 식민지가 아니다.'

4월이 되자 완연히 따뜻해진 날씨에 꽃나무들이 만개했다. 고전읽기 교실은 2층이라 창밖으로 손을 뻗으면 하얗고 부드러운 꽃잎들을 손으로 만질 수도

김기태

있을 듯했다. 교실 안으로 고개를 돌리면 엎드려 자거나 스마트폰을 보거나 다른 과목 문제집을 풀고 있는 학생들이 한가득 보였다. 곽은 참여하지 않는 학생들을 비난하기보다는 참여하는 학생들에게 감사하려고 했다. 네다섯은 곽의 설명을 듣고 텍스트를 읽고 학습지를 쓰고 있었으며 이따금 웃어주기도 했다. 은재도 그중 한 명이었다. 철학이나 사회학 전공을 고려하고 있다고, '수업 재미있게 해주세요'가 아니라 '열심히 공부하겠습니다'라고 정돈된 글씨체로 썼던 은재. 그렇다고 평가를 계산하며 요란하게 열심을 드러내는 것도 아니고 단지 허리를 펴고 수업을 듣다가 종종 무언가를 끄적거리며 초연하게 앉아 있던 은재. 덕분에 창밖으로 뛰어내리지 않았다고 농담을 건네며 나중에 악수라도 하고 싶었던 은재.

　민원을 넣은 건 은재의 아버지였다. 은재가 마르크스를 읽고 있다는 것이었다. 『자본론』은 수업에서 다루는 열한 권의 추천 도서 중 하나였다.

　"그 집 아버지가 교양 없이 막 그런 사람 같진 않고……"

　교장의 말에 따르면 은재의 아버지가 우악스럽

게 항의한 건 아니었다. 구체적인 요구도 없었다. '걱정된다'는 의견을 전했을 뿐이지만, 대응에 따라서 문제가 커질 수도 있지 않겠냐는 게 교장의 입장이었다. 교장은 그간 곽의 성실한 근태와 안정적인 수업 운영을 몇 마디 치하한 뒤 조언했다. 삿되게 호들갑을 떠는 학부모에게는 비위를 맞춰주면 쉽게 합의점을 찾을 수 있다. 오히려 점잖은 쪽이 위험하다. 그런 치들은 조치가 취해지지 않으면 선택할 수 있는 다음 패를 지니고 있으며, 거기에는 법과 제도, 언론의 힘도 포함된다.

"자기 전교조는 아니더라고?"

그 말을 듣고 곽은 조합에 가입해둘 걸 그랬다는 생각이 들었다. 이런 민원으로부터 보호받으려면 조직이 있는 편이 나을지도 몰랐다. 전교조와 교총 등 모든 교원 조직 가입을 거절했던 이유를 돌아보고 있을 때 교장이 말을 이었다.

"다행이네. 전교조 교사, 수업 중 마르크스 읽혀. 이런 기사라도 나 봐. 작살난다."

기사에 달릴 댓글이 눈에 선했다. 전교조가 사상 교육으로 학생들을 세뇌하며 공교육의 저반을 흔들고 있다…… 노동조합에 대한 몰이해는 차치하고, 곽이 가늠할 때 조합에는 그런 영향력이 남아 있지도 않았다. 학생들이 들어줘야 세뇌를 하고, 조합원이 존재해야 저반을 흔들 것 아닌가. 전교조를 한국 교육에 암약하는 간첩 집단 취급하는 세계관은 황당하다 못해 순진해 보였다. 하지만 광범위하게 실재하는 편견이기도 했다. 통제할 수 없는 채널과 연루되면 진의가 왜곡될 수도 있었다. 전교조가 내세우는 의제 중에 완전히 동의하기는 어려운 것도 있었고, 그건 다른 조직도 마찬가지였다. 문제틀을 정확히 조각하기 위해서는 혼자 맞서는 편이 낫다는 결론을 내렸다. 그리고 '맞서다'라는 단어를 떠올린 자신에게 조금 놀랐다.

곽은 그 낯설고 활기찬 감정에 반항심이라는 이름을 붙여보았다. 명백한 수업권 침해였다. 수강생들이 수업을 외면할 수는 있지만, 누가 자신에게 무엇을 가르치라거나 가르치지 말라고 지시할 수는 없었다. 이 민원은 나의 불가침한 권리를 파괴하려는 시도 아닌가. 게다가 학생이 까다로운 『자본론』에 관심을 보였다는데, 거기에는 반드시 보호하고 독려해야 할 지적 호기심이 있지 않나. 자신은 물론 학생의 권리를, 나아가 '사상의 자유'를 위협하는 민원이라 생각하자 반항심을 더 정당하다 여길 수 있었다. 삶에서 한번은 맞닥뜨릴 거라 예감한, 파괴될지언정 패배해서는 안 되는 시험이 먼 길을 돌아 눈앞에 나타난 듯했다.

잘 수습하겠다고 말은 하고 교장실을 나왔지만, 물러서면 안 된다고 스스로를 북돋았다. '투쟁'이란 단어가 떠올랐고 조금이라도 비슷한 경험을 돌아보려 했는데 쉽지 않았다. 대학 신입생 시절 등록금 동결을 요구하는 집회에 동원되었던 적이 있었다. 한낮의 태양이 뜨거웠고 구호를 따라 하기가 어색해 입을 벙긋거린 기억이 전부였다. 머리띠를 매고 팔뚝질을 하거나, 피켓을 들고 1인 시위를 하는 자신이 잘 그려지지 않았다. 말과 글을 가르치고 배우는 이곳에 더 적합한 방식이 있을 듯했다. 사실 관계를 검토하고 논리를 구축하는 데에서부터 시작하기로 했다.

『자본론』의 역사적 의의는 분명했다. '개인적으로……' 같은 비겁한 서두도 불필요했다. 소개할 도서를 선정하며 초기에 한 자리를 할당한 저작이었다. 특별한 애정이 있는 건 아니었다. 대학 시절 드물게 마르크스 읽기 모임이 있었지만, 학생회관 으슥한 곳에 녹슨 명패를 달고 있는 학회들을 일부러 찾아갈 이유는 없었다. 자신을 사회주의자라고 규정한 적도 없었다. 도리어 수업을 위해 마르크스를 급속으로 공부했다고 말하는 편이 정직했다. 학생들에게도 밝혀졌지만, 곽은 『자본론』을 완독하지도 않았다. 제1권을 도서관에서 빌려 1장과 7장, 12장을 발췌해서 읽었을 뿐이었다. 단지 소개하기 위해 통독을 하기에는 시간이 부족했다. 입문서로 통용되는 2차 저작 두 권을 속독하고 교수 요소를 추출했다. 수업 목표는 소박했다.

첫째, 저술 배경. 초기 자본주의의 혹독한 노동 환경을 가늠하기.

둘째, 핵심 내용. 잉여 가치란 무엇을 의미하는지 개략적으로 이해하기.

셋째, 의의와 한계. 어떤 역사적 사건으로 이어져 무엇을 남겼는지 살펴보기.

인터넷 백과사전 수준 이상은 아닌, 두 장의 학습지로 진행한 두 시간의 수업과, 이해를 돕기 위해 약 30분간 시청한 EBS 다큐멘터리가 전부였다. 곽은 『자본론』이 특정한 정치적 실천을 요구하는 저작이기에 앞서 자본주의의 탄생과 운동 법칙을 연구한 학술서라는 점을 강조했다. 오늘날의 주류 경제학은 마르크스 경제학보다 풍부한 설명을 제공할 수 있다고도 덧붙였다. 학습지의 말미에 으레 들어가는 '생각해보기' 항목에 이렇게 적어둔 게 문제가 될 수 있을까.

"자본주의는 인간이 도달할 수 있는 최종적인 형태의 경제체제일까? 아니면 다른 미래가 있을까?"

가능한 질문이었다. 가능하다 못해 상투적인 질문이었다. 곽은 그 질문을 이해시키기 위해 이런 예를 덧붙였었다.

"지금으로서는 자본주의 이외를 상상하기 어렵지만, 3백 년 전 저잣거리에서 어떤 노비가 이렇게 말했다고 칩시다. 언젠가 양반 상놈 구분 없이 평등한 세상이 올 거라고. 그럼 옆에서 다른 노비가, 헛소리하지 말고 짚신이나 만들라고 했겠죠? 지금 어떻게 됐지요?"

두 명쯤은 웃었다. 뒤늦게 생각해보니 지금도 정말 평등한 세상이라고 말하긴 어려우므로 허술한 비유였다. 자신이 마르크스와 『자본론』에 우호적인 태도였던 것 같기도 했다. 하지만 애초에 스스로 가치를 믿는 저작만 골랐으므로 당연했다. 왜 마르크스만 문제가 되나. 마르크스를 읽고 사회주의자가 되는 게 공자를 읽고 유교 원리주의자가 되는 것보다 위험

한가. 따지자면 추천 도서 중에서 카뮈의 『이방인』이 제일 위험하지 않나. 학생이 자기 어머니의 기일을 기억하지 못하거나 대낮의 태양에 눈이 부셔서 아랍인을 총으로 쏠지도 모르니까.

곽은 은재가 어떤 동기로 마르크스를 읽고 있으며 아버지와 무슨 대화를 했는지 파악하기로 했다. 학습 주체로서 은재도 현재의 상황을 인지하고 원하는 바를 선택할 권리가 있었다. 종례 후 교정 한 편의 벤치에 은재와 앉았다. 둘만의 대화는 처음이었다.

"읽어보고 싶어서요."

은재는 아버지가 전화까지 했다는 사실에는 조금 놀랐지만 어려워하지 않고 말했다. 2학년 '사회문화' 과목에서 마르크스와 베버를 배우며 관심이 생겼는데, 3학년이 되고 마침 고전읽기에서 기회가 생겨 『자본론』의 문고판과 2차 저작을 읽고 있다, 『공산당 선언』은 얇아서 완역본을 읽을 계획이다…… 평범한, 아니 모범적인 대답이었다. 과목 간 연계 학습이 이루어진 사례로 발표도 할 법했다. 고전읽기가 아니더라도 공인된 교육과정에 마르크스가 등장한다는 게 자신에게 유리한 사실이라는 걸 곽이 헤아리고 있을 때, 은재가 말했다.

"그리고…… 선생님 좀 진심이신 것 같았거든요."

"내가? 수업에 아니면 마르크스에?"

"둘 다요."

은재는 마르크스를 주제로 기말 과제를 계속 준비하겠다고 말했다. 아버지가 사업만 하셔서 잘 모르고 성급히 전화를 했다는 것이었다. 자신이 해결할테니 괜히 신경 쓰시지 말라며, 죄송하다는 말까지 덧붙였다. 마르크스를 공부하다 보면 다시 마주칠 수 있는 편견이므로, 은재 스스로 넘어서보는 것도 의미가 있었다. 하지만 '애가 빨간 물이 제대로 들었다'며 혀를 차는 완고한 중년 남성이 아른거렸다. 은재에게 개인 휴대전화 번호를 알려주며 만약 어려움이 있을 경우 꼭 연락을 하라고 당부했다. 필요하다면 아버님과 직접 통화를 하겠다고 주지시켰다. 은재는 해사한 미소를 남긴 뒤 요즘은 보기 드문 커다랗고 무거운 가방을 등에 메고 떠났다. 작은 체구의 은재를 땅으로 끌어내리는 듯 보여서, 곽은 가방을 대신 들어주기라도 하고 싶었다.

그날도 다음 날도 전화는 오지 않았다. 소문이 벌써 퍼졌는지 말을 없는 동료들이 있었다. 짐작을 못한 바는 아니었지만 은재는 성적이 뛰어난 모양이었

김기태

다. 전교에서 세 손가락에 들어서 서울대 추천을 두고 다툴 정도는 아니고, 유난스럽게 교사들을 따라다니는 유형도 아니어서 존재감이 약했을 뿐, 3학년 부장의 '관리 목록'에는 포함되었던 것이다.

"생기부에 사회주의 같은 거 적어도 괜찮을까? 사정관이 어떻게 볼지 모르잖아."

마르크스 읽었다고 떨어뜨릴 대학이면 안 가는 게 낫다고 대답했지만, 다른 의미로 걱정이 되긴 했다. 종합 전형은 생기부의 모든 기재 내용을 총체적으로 평가했다. 붙고 떨어진 요인을 콕 집어 따지기 어렵다는 뜻이었다. 하지만 사후에 입시 사례를 분석하다 보면 합격 요인과 불합격 요인을 지목할 수밖에 없었다. 말 많은 동료들이 "요새 최상위권 애들이 마르크스를 교과 활동에 쓰나? 괴델, 콰인, 그런 거 많이 갖고 오던데"식으로 얘기하면 불안해졌다. 곽은 단순한 문답을 되새겼다. 학생이 마르크스를 공부하길 원하는가? 그렇다. 마르크스는 공부할 가치가 있는가? 그렇다.

일주일이 지나는 동안 은재는 전과 마찬가지로 평범히 수업을 들었지만 곽은 은재 아버지로부터 전화가 올 거라는 예감을 떨칠 수 없었다. 전화를 기다리다 못해 기대하게 됐다. 정중하면서도 비굴하지 않은 인사말을 상상했다. '아이고 아버님' 같은 실없는 넉살로 시작하진 않으리라 다짐했다. '은재가 훌륭한 학생이라서 아버님은 어떤 분이실지 궁금했는데요' 정도면 적절할 듯했다. 마르크스의 의의를 증빙하는 정보들도 수집했다. 영국 공영방송의 설문에 따르면 지난 1천 년간 가장 위대한 사상가 1위, 마르크스. 지난 1천 년간 가장 큰 영향을 끼친 책 1위, 『자본론』. 국내 교수들이 뽑은 해방 이후 한국 사회에 가장 큰 영향을 끼친 책 1위, 역시『자본론』. 서울대학교 권장도서에도 포함되어 있으며, '경제' '세계사' '사회문화' '윤리와 사상'의 교육부 인정 교과서에서도 지면을 할애하는, 전국연합학력평가 및 수능 연계교재에도 지문으로 등장한 적 있는 마르크스. 이런 정보들은 마르크스를 공부하는 게 전혀 위험하지 않음을 지시했다. 자신이 마르크스를 긍정하려는 것인지 부정하려는 것인지 혼란스럽기도 했지만 소구 대상을 고려할 때 유효한 정보라는 것만큼은 분명했다.

전화는 민원으로부터 열흘 뒤, 수업은 끝났지만 근무시간은 남겨둔 때에 왔다. 곽은 은재 아버지가 세심히 때를 골랐을 거라고 짐작했다.

"학생들 가르치시느라 늘 고생이 많으십니다. 은재가 선생님 수업을 굉장히 좋아하더라고요."

상상보다는 덜 점잖은, 어딘가 영업 사원처럼 사근거리는 어조였다. 곽은 해명해야 할 잘못이 없으므로 조급해할 이유도 없다는 점을 상기하면서도, 전개에 따라 필요할 수도 있는 논리들을 정렬했다. 하지만 그 어떤 카드를 꺼내기도 전에 통화는 종료되었다. 은재 아버지가 "저 때 생각만 하다가 지레 걱정을" 했다며, "다망하실 텐데 신경 쓰시게 해서 죄송"하다고 사과한 것이다. 앞으로도 좋은 수업 부탁드린다는 그의 말에, 곽도 은재에게 도움이 되도록 최선을 다하겠다는 말밖에 할 수 없었다. 싱겁지만 훈훈한 통화였다. 곽은 아버지와 대화하는 은재를 상상했다. 은재는 주어진 과제를 준수하게 수행하는 것을 넘어서, 과제 자체의 의의를 스스로 판단하고 주장하고 설득할 수 있구나. 그런 메타인지 능력은 정량적 학업 성취도가 높은 학생 중에서도 '진짜'에게서만 발견할수 있는 희소한 자질이었다. 곽은 은재가 자신의 수업을 좋아한다는 사실에 모처럼 보람을 느꼈다.

'진심인 것 같았다'라는 은재의 말을 곱씹으며 곽은 점점 진심이 됐다. 남은 추천 도서들을 다시 펼쳐

봤고 새로운 의미를 발견하며 애정을 느꼈다. 해설을 더 정확한 문장으로 다듬었고 학생들의 경험적 삶과 고전의 의의가 맞닿는 사례를 찾으려 노력했다.『고도를 기다리며』를 소개하는 시간. 곽은 럭키의 황당한 독백을 읽다가 웃음을 터뜨렸고 "둘은 그러나 움직이지 않는다"라는 마지막 지문에서는 목이 메어 말을 더듬었다.

"여러분도 늘 무언가를 기다리지 않았나요. 하교를 기다리고, 방학을 기다리고, 졸업과 합격을 기다리고, 성인이 되기를 기다리고…… 졸업하고 합격하고 성인이 되면 기다림은 끝일까요. 어쩌면 우리는……"

물론 그 말을 들은 학생은 은재를 비롯한 서너 명뿐이었다. 스무 명은 엎드려 자고, 다섯 명은 이어폰을 꽂고 인터넷 강의를 듣고 있었기 때문이다. 하지만 곽은 아무 제재도 하지 않았으며 모멸감을 느끼지도 않았다. 모두를 이해할 수 있었다. 이 수업을 듣지 않는 게, 혹은 어떠한 학교교육에도 참여하지 않는 게 부와 권력만을 추종하고 소수자를 배척하며 환경을 파괴하는 불량배로 성장할 거라는 뜻은 아니었다. 노동 착취에 시달리며 형벌 같은 생존을 이어가지만

김기태

어떤 비판 의식도 버릴 수 없는 죄수가 된다는 뜻도 아니었다. 아무도 예단할 권리는 없었다. 학교에서 잘 배워야 훌륭한 시민으로 성장한다는 믿음은, 제도 교육에서 '모범적인' 성취를 얻어서 삶의 기반을 마련한 자신 같은 교사들의 고정관념이었다. 공교육이란 중산층의 아비투스를 재생산하고 체제 유지에 기여하는, 필연적으로 보수적인 국가 장치 아닌가. 바른 자세로 수업을 경청하라는 지도는 규율화된 신체를 양산해 사회적 유용성을 극대화하려는 '학교-감옥'의 통치술일지도 몰랐다. 곽은 일리치, 부르디외, 푸코 등을 떠올리며 엎드린 학생들의 뒤통수를 애정 어린 눈으로 보았다. 학생들이 버리고 간 학습지의 빈칸에 숨은, 자신이 모르는 언어로 된 가지각색의 목소리들을 상상했다.

은재가 기말 과제로 제출한 글은 이렇게 시작했다. "사람들은 흔히 사회주의가 인간의 본성에 어긋나서 실패했다고 말한다. 인간이란 다른 인간보다 더 많은 것을 배타적으로 소유하고 싶어하며, 그러한 동기가 없다면 나태해진다는 것이다. 그러나 인간의 본성이 그렇게 쉽게 단정 지어질 수 있다면 학교에서 배우는 온갖 사상이나 주의, 문학작품은 다 무의미할

37

것이다······"

그 글은 마르크스와 사회주의에 대한 흔한 편견, 결과적 평등을 실현하기 위해 모든 자원을 균등 분배하려고 했다는 등의 곡해를 지적하며 오늘날 자본주의의 병폐를 성찰하고 대안적 체제를 모색하는 데에 여전히 마르크스가 유효함을 주장했다. 생태와 젠더 등 동시대적 화두에 대해 마르크스의 유산에서 활로를 찾는 움직임을 소개하기도 했다. 엄정한 논증이라기보다는 일종의 학술적 에세이였지만 주제는 선명하고 내용은 풍부했으며, 구성도 문장도 안정적이었다. 무언가를 읽었고, 의견을 생성했으며, 그것을 설득력 있게 표현해낸 것이다. 수업의 목표를 완벽히 달성한 과제물이었다.

곽은 은재의 생기부에 교과 담당 교사로서 최선의 기록을 남겨주고 싶었다. 바른 자세로 수업을 경청하여 급우들에게 귀감이 되고······ 그런 상투적 상찬이 유효한 시대가 아니었다. 곽은 은재가 제출한 모든 학습지와 독서록을 다시 검토했다. 독서 이력과 습득 개념과 적용 사례, 최종 산출물의 탐구 목적과 방법, 수행 수준, 그 과정에서 드러난 협력적 학습 태도까지 구체적으로 기술하였다. '마르크스'와 '자본론'이라는 고유명사를 똑똑히 박아 넣었다. 주관적 평가는 말미에 간결하지만 선명하게 남겼다. '……지적 탐구심, 비판적 사고력, 논리적 표현 능력 등 모든 면에서 동료 학습자 중 최고 수준의 학업 역량을 갖추었음.'

수험이 임박한 가을부터는 수능 과목이 아니면 자습으로 운영하는 게 암묵적인 합의였다. 수시 원서 작성이나 면접 스터디를 위해 어수선하게 움직이는 학생들, 또는 꼼짝없이 앉아 문제집을 풀며 수능을 준비하는 학생들도 있었다. 물론 입시 지옥이란 입시에 목매는 경우에만 지옥이므로, 다수는 여전히 잠을 자거나 게임을 했고, 아예 학교에 오지 않는 학생들도 많았다. 곽은 모두 각자의 스무 살을 향해 나름의 속도로 움직이고 있다고 여기며 마음속으로 응원했다. 그리고 겨울방학이 다가올 무렵, 은재가 서울대에 합격했다는 소식을 들었다.

수년 동안 전교 1등 한 명만을 추천 전형으로 간신히 서울대에 보냈는데, 모처럼 은재까지 합격생이 두 명이 되어 교무실이 떠들썩해졌다. 추천이 아니라 일반 전형으로 합격하는 건 드문 일이었다. 1학년 때부터 은재가 참여한 수업, 동아리, 교내 프로그램 등이 합격 요인으로 검토되며 고전읽기 수업도 재조명되었다. 민원 사건은 은재가 교내에서 입방아에 올랐던 최근의, 어쩌면 유일한 사건이었으므로 동료들은 지나가며 한마디씩 곽을 추켜세웠다.

"이제 애들 다『공산당 선언』읽히고, 머리에 빨간 띠도 매줘야 되는 거 아냐? 하하하."

3학년부장이 호탕하게 웃었다. 교내 독서 인증 프로그램의 공식 추천 도서 목록이 업데이트되며『자본론』의 2차 저작과 마르크스 평전 한 권이 추가되었다. 연구부장의 부탁으로 곽은 교내 전교원 연수에서 '전공별 심화 독서 플랫폼 과목으로서의 고전읽기'라는 제목으로 15분 분량의 발표를 했다. 담임교사들이 우수한 학생에게 고전읽기 선택을 더 권하게 될지도 모른다고 기대했지만, 한편으로 곽은 모든 호들갑에 거리를 두고 싶었다. 여전히 '서울대 몇 명 보냈는지'로만 학교의 수준을 가늠하는 지역사회나 거기에 휘둘리는 관리자들에게 동조할 수 없었다. 은재는 읽고 생각하고 쓸 수 있었다. 인류의 정신적 유산을 흡수하며 성장할 수 있는 '지성'을 갖고 있었다. 곽은 자신이 알아본 은재의 역량을 대학에서도 알아보았다는 사실에 만족하면서도, 진정 귀한 것은 지성 그 자

김기태

체이며 그에 비하면 대학 합격증은 일종의 운전면허
증에 불과하다고 생각했다.

새파란 하늘에 산뜻한 햇살이 빛나는 졸업식 날.
곽은 소란함을 피해 고전읽기 교실로 향했다. 커튼을
걷어 침침한 실내를 밝혔다. 겨울 오전 10시의 햇살
과 부유하는 먼지와 가만히 놓여 있는 서른 개의 책걸
상. 비밀스러운 숲이 그러하듯, 찾아올 누군가를 기다
리지 않아도 그 자체로 평화로운 풍경.

신청자가 늘어나 새 학기에는 두 개 반이 편성될
예정이었다. 곽은 교실을 쓸고 닦고 유명 서점에서
출시한 디퓨저를 비치했다. 대문호들의 초상을 작은
흑단 액자에 넣어 벽에 걸었다. 물러나서 보다가 문
학적 위상을 고려해 서너 번 위치를 바꿔 걸었다. 창
밖 교정에서 졸업을 만끽하는 웃음소리가 간헐적으
로 들렸다. 새로 주문한 도서로 가득한 상자를 열었
다. 저작 자체의 성격과 수업에서의 용도를 고려해
책장에 배치해야 했다. 노크 소리가 나고 미닫이문이
천천히 열렸다. 교복을 단정히 입은 은재가 혼자 들
어섰다.

"잠깐 도와줄래?"

곽은 은재와 함께 도서를 정리했다.『도련님』은

우측 중단에,『수레바퀴 아래서』는 중앙 상단에,『도덕적 인간과 비도덕적 사회』는 트롤리에 두고『시민의 불복종』은 좌측 하단에,『노인과 바다』는…… 자신의 손에서 은재의 손으로, 은재의 손에서 자신의 손으로 건네지는, 함부로 펼친 적 없는 새 책들의 반듯함. 축하의 말과 감사의 말. 요즘 어떻게 보내느냐는 물음에 은재는 마르크스의 초기 저작부터 순서대로 읽고 있다며,『포이어바흐에 관한 테제』의 마지막 문장이 인상 깊었다고 말했다. 곽은 그 문헌을 읽지 않았지만 마지막 문장은 알고 있었으므로 공감을 표했다. 이제는 해프닝이 된 민원 전화를 돌아봤다. 그때 아버님이랑 대화를 잘해서 다행이라고, 어떻게 말씀드렸던 건지를 물었다.

"컨설턴트 선생님이 아버지께 전화드렸어요. 마르크스 전혀 문제없고 고전읽기 수업도 괜찮다고. 아버지도 좀 물어보고 전화를 하시지."

은재가 가방에서 네모난 상자를 꺼내어 곽에게 건넸다. 소수의 수집가들을 위해 공들여 만든 양장본처럼 섬세하면서도 단단한 상자였다. 가름끈을 연상시키는 리본 장식 아래에 백화점에서 몇 번 지나쳤던 고급 파티스리의 이름이 각인돼 있었다. 은재는 별건

김기태

아니지만 성의로 받아달라고, 또 찾아뵙겠다며 허리를 숙여 인사하고 떠났다. 곽은 빈 교실에서 상자를 열었다. 작고 예쁜, 틀림없이 달콤할 것들이 가지런히 놓여 있었다. 동봉된 카드에는 고교 생활 중 선생님의 고전읽기 수업이 가장 즐거웠다고 깨끗한 필체로 써 있었다.

창밖에서 "하나, 둘"이라거나 "한 번 더"처럼 한 무리의 학생들이 단체 사진을 찍는 소리가 들렸다. 곽은 상자 속에 있던 피낭시에, 혹은 다쿠아즈나 비스코티일 수도 있는, 유럽 어느 언어로 된 이름이 분명한 디저트를 하나 입에 넣었다. 역시 달콤했다. 경박한 단맛이 아니라 깊이가 있고 구조가 있는, 하지만 묘사해보려고 하면 이미 여운만 남기고 사라져서 어쩐지 조금 외로워지는 달콤함. 사람을 전혀 파괴하지 않고도 패배시킬 수 있는 달콤함.

곽은 한 발 물러나 조금 전 정리한 책장을 봤다. 벽면을 가득 채운 동서고금의 명저들. 유서 깊은 출판사가 기획하고 석학들이 감수한 지식 교양 총서와 세계문학 전집. 하나하나는 알맞게 배치했지만 전체적으로는 조화롭지 않아 보이기도 했다. 그 불만족을 해석할 언어를 구성할 수 없었다. 넘친 자리가 있었고 빈자리가 있었다. 고전의 의미를 제한적으로만 설정하고 동시대 지식사회의 논의를 반영하지 못한 게 문제일 듯도 했다. 인터넷 서점의 장바구니에 넣어둔, 아직 읽지는 못한 이름들을 떠올렸다. 스피박, 버틀러, 아감벤, 랑시에르, 라투르, 브라이도티, 차크라바르티, 마사타케, 훤테게르키, 량밍쉬고우, 음뚜아스부이…… 하지만 자신이 뷔페식 속류 인문학을 좇는 게 아닌지 의심했다. 딜레탕트라는 호명의 모욕적 뉘앙스와 단순한 지식에 대한 아도르노의 비판적 견해와 박사과정 진학에 필요한 시간과 비용을 저울질했고, 모든 사유의 방황이 어디에서 시작되었는지 거슬러 올라가 은재와 은재 아버지와 교장과 동료들의 언사에서 사실과 의견을 분리하였으며, 고전읽기 수업을 포함하여 읽고 쓰고 생각하고 가르치는 삶 전반에서 자신의 패착을 검토했다. 이 세계와 학생들과 부분적으로는 자기 자신까지 더 정교하게 이해하고 설명하고 변호할 필요가 있었다. 그리고 다음과 같은 결론에 닿았다.

'나는 『자본론』을 제대로 읽지도 않고 수업을 했다.'

그러므로 『자본론』의 서문으로부터 다시 시작해

야 했다. 교실에 앉아 대표적인 석학이 몇 해 전 내놓은 전면 개역판 세트를 검색했다. 부담이 될 만한 가격은 아니었고 쌓아둔 포인트가 넉넉했으며 '지금 주문하면 오후 8시까지 배송'이었다. 귀가하면 서재부터 정돈해야겠다고 마음먹으며 곽은 교실 전등을 끄고 문단속을 했다. 한결 한적해진 복도를 가벼운 발걸음으로 걸었다. 와르르 웃는 소리가 났고 꽃다발을 들고 사진을 찍던 세 학생과 마주쳤다. 빨간 머리가 곽에게 함께 사진을 찍자고 졸랐다. 옆에서 쌍꺼풀과 후드가 거들었다. 곽은 졸업을 축하한다고 말하며 셋의 이름을 정확히 불렀다. 셋은 놀라며 '대박'이라는 단어를 사용했다. 곽은 세 학생 다 1년 내내 잠만 잤는데 왜 자신과 사진을 남기려는지 의아해하며 엉거주춤 움직였다. 왼쪽 가장자리 혹은 오른쪽 가장자리. 손으로는 브이, 하트, 엄지 또는 주먹. 빨간 머리가 "선생님 고장 났다" 하면서 웃었다. 곽은 그들이 성인의 삶을 어디에서 어떻게 시작하게 되었는지 궁금했지만 불투명한 상황이라면 실례일 수 있으므로 아무것도 묻지 않았다. 셋은 다음으로 생물실로 갈지 음악실로 갈지를 떠들고 서로 때리고 쫓기도 하며 사라졌고 곽은 빈 복도를 한번 돌아본 뒤 퇴근했다.

인터뷰

김기태×이희우

이희우 〈소설보다〉를 통해, 또 다른 지면을 통해 작가님의 소설을 자주 접하게 되어 반가운 마음입니다. 바쁜 나날을 보내고 계실 것 같은데요. 근황과 더불어, 이렇게 작품을 왕성(?)하게 쓰시는 비결을 여쭙습니다.

　　김기태 제가 자연스럽다고 여기는 정도보다 많은 소설을 빠르게 쓰고 있기는 합니다. 전부 잘 해냈어야 비결을 논할 텐데요. 돌아보면 외발자전거가 떠오릅니다. 외발자전거를 처음 타서, 앞으로 갔다가 뒤로 갔다가, 몸을 꼬며 제자리를 맴돌고, 넘어지지 않으려고 발을 구르다 보니 엉뚱한 방향으로 가버리게 되는…… 이런 장면을 「톰과 제리」 같은 만화영화에서 본 듯해요. 보통은 맨홀에 빠지거나 절벽에서 떨어지는 걸로 마무리되지요.

이희우 이 소설의 주인공 곽은 복잡한 인물입니다. 한편으로는 고집스러운 선생님이면서, 피부 관리 루틴을 세심하게 고려하는 사람입니다. 냉소적이지만, 한편으로는 완고한 사람입니다. 온건하고 도덕적이면서, 어딘지 방어적인 사람으로 보이기도 합니다.

　　그가 가지고 있는 세대 감각도 비슷하게 이중적인 면

이 있는 것 같아요. 80년대에 태어난 그는 자신의 윗세대와 달리 학생운동에 열심히 참여하지도 않았고, 자신이 가르치는 학생들에 비하면 '동시대'에서 멀어졌다고 느끼는 사람입니다. 여러 기준(교직원들, 학생들, 연금 수령 시기)에 비추어 충분히 늙지도 젊지도 않은 사람입니다. 행동하고 분투하기보다 서성이고, 약간 물러나서 생각하는 사람입니다. 소설 전반에서 곽의 완고한 면과 연약한 면, 충실한 면과 기만적인 면이 복합적으로 드러나는 것 같아요. 사실 거의 모든 사람이 그런 이중성과 복합성을 가졌을 테니 곽을 특별히 나쁘게 볼 이유는 전혀 없겠지만요.

소설을 읽으며 궁금했던 건 소설이 인물의 이런 복합성을 드러내는 방식에 관한 것입니다. 소설이 인물에게 밀착해 있는 동시에 거리를 두고 있는 느낌이었거든요. 비판적 사상가들의 이름을 열거하듯 되뇌며 잠든 학생들을 따뜻하게 바라보는 모습, 입시만을 위한 교육에서 거리 두려 하지만 결국 은재의 생활기록부에 최고로 '유효한' 평가를 써주고자 고심하는 모습, 은재가 선물한 고급 디저트를 먹고 무장해제되는 모습, 학생들을 선입견으로 판단하지 않으려 하면서도 학생들의 '능력'과 '지성'을 평가하는 모습. 그런 면모가 곽을 인간적으로 이해하게 하면서, 동시에 읽는 사람이 곽에게 얼마간 심리적 거리를 갖게 하는 것 같아요. 곽이 좋은 선생님인 것 같은데, 왠지 곽을 그저 좋아할 수만은 없는…… 그런 복잡한 기분을 느끼게 한다고 할까요. 이런 인물을 주인공으로 하고, 또 인물을 이런 방식으로 그리신 이유가 무엇일지 궁금합니다.

김기태 지식인, 교양인, 인텔리, 먹물…… 비슷한 대상을 지시하면서도 가치 평가에 따라 다르게 선택되는 단어들입니다. 혹은 정말 다른 대상을 지시할 수도 있겠지요. 아무튼 이 단어들의 합집합을 최대한 중립적으로 '배운 사람'이라고 해보지요. 지금 우리 사회에서 배운 사람의 역할이나 위상이 긍정적으로 보이진 않습니다. 지식인이라는 호의적인 표현은 거의 사멸되었지요. 그 기능의 일부는 인플루언서라는 존재에게 이전된 듯도 하고요. '배운 사람'이라는 게 이제 매력도 없고 쓸모도 없고 그래서 존재감도 없어진 무엇이 되었다면 왜일까요. 그들이 위선적이거나 무능해서일까요. 나쁜 엘리트들을 뉴스에서 늘 봅니다만 그게 평균이라고 단정 지을 수는 없겠지요. 그렇다면 세상이 너무 반지성적이라서 배운 사람을 핍박하는 걸까요. 하지만 학력은 여전히 환금성이 좋습니다. 즉 배운 사람은 배운 대로 사고

하고 행동하며, 세상은 그 값을 적절히 쳐주고 있는
데…… 전체적으로는 석연치 않아요. 그 위화감을 어
떻게 설명해야 할까요. 곽이라는 인물을 구상하며
'고장 나다'라는 단어를 만지작거렸습니다. 고장이
란 보통 내부와 외부의 요인이 호응하여 발생하지요.
공장에서 문제가 없었어도 특정 환경에서는 설계상
결함이 발견(또는 생성)될 수 있습니다. 사회적 부조
리를 재현하는 것 이상으로, 곽이라는 '배운 사람'의
사고 회로가 이대로 괜찮은지 질문하는 게 제게는
중요했습니다.

이희우 다음은 은재에 대한 질문입니다. 이 소설에서 곽
만큼이나 중요한 인물이 은재일 텐데요. 은재는 모범적
인 학생이고, 여러 면에서 '훌륭한' 학생이라고도 할 수 있
겠지요. 한편으로 은재는 (소설에 드러난 정황만 고려했
을 때는) 부족한 것이 없어 보이는, 유복한 아이이기도 합
니다. 대조적으로 학교에 적응을 못 하는, '문제아' 취급을
받는 학생들에 초점을 맞추었던 많은 소설이나 학교 드라
마 등이 생각나기도 하는데요. 어떤 학생에 초점을 맞추
느냐에 따라 소설의 분위기나 문제의식이 많이 달라지겠
지요. 은재와 같은 학생을 조명한 이유가 있을까요?

김기태 픽션이 어떤 집단적 질서에 의문을 제기하고 싶을 때, 부적응자나 추방자를 중심인물로 삼는 경우가 많습니다. 말씀하신 '학교와 문제아' 구도 역시 비슷한 전략이지요. 작가들은 수상한 사회를 은유하는 공간으로서 학교를 애용해왔습니다. 그런데 사회가 정말 무서운 건, '적응하기 어려워서'가 아니라 '어지간하면 적응시켜서'일지도 모르겠습니다. 매일 자도 교실에서 쫓아내지 않지요. 학교는 그들에게 '자는 학생'이라는 역할을 마련해줍니다. 상대평가 체계는 그들이 '깔아줘야' 가능한 것이기도 하니까요. 질서란 그 정도로 정교해서, 저는 탈주자를 안이하게 상상하고 싶지가 않습니다. 오히려 남부럽지 않게 적응한 인물들로부터 문제에 접근해보려고 했습니다.

은재는 가용 자원을 모두 동원해서 본인도 원하고 타인도 납득할 만한 기회를 얻었습니다. 그 자체에 비판의 여지가 있는지는 따져봐야겠지만 저는 은재의 미래를 열어두고 싶습니다. 은재가 투자사에 들어가서 자본주의의 하이에나가 될 수도 있지요. 곽과 비슷한 교육자가 되거나, 엉뚱하게도 우동 장인이 될지도요. 많은 가능성 중에는 훌륭한 노동운

동가가 되는 미래도 있습니다. 소설 속에서 은재에게 힘을 실지는 못했지만, 저는 탈주만큼이나 내파內破의 가능성을 믿고 싶습니다.

이희우 곽은 자신이 하는 수업이 "대입만을 위한 수업은 아니"라고 고집스럽게 믿지만, 그 수업에 대한 평가도 결국 입시의 기준으로 환원되어버리고 마는 느낌이 있어요. 입시만을 위한 것이 아닌 "보편 교양"의 가치는 곽의 개인적인 믿음이나 고집 속에서만 유지되고 있는 것 같습니다. 소설에 나타나는 갈등도 그렇습니다. 민원 전화 소식을 들었을 때 곽은 (반가움과 함께) 투쟁심을 느끼지만, 실제로는 어떤 분쟁도 일어나지 않지요. 동시에 곽은 충분히 '현실적'인 사람이라서 분란이 예상될 때 마르크스의 저서가 서울대 권장 도서에 속한다거나 수능 연계 지문으로 활용된 적 있다는 사실 등을 고려합니다.

이런 정황 속에서 "보편 교양"이라는 제목 자체가 반어적인 느낌을 줍니다. 이 소설 본문에 '교양'이라는 낱말이 네 번 나오는데, 그중 한 번은 은재 아버지에 대한 교장의 평 속에 있었습니다. "그 집 아버지가 교양 없이 막 그런 사람 같지는 않고……" 또 은재 아버지의 마음을 돌린 것은 곽의 '진심'이나 은재의 열의보다는 입시 컨설턴트의 조언이었던 것으로 보입니다.

오히려 소설에 그려진 상황들은, 인간이라면 갖춰야할 '보편적 교양'에 대한 가르침이 사실 보편적일 수 없음을 말해주는 것 같았어요. 많은 학생이 수업에 집중하지 않고, 문제집을 푸는 아이도 있고, 또 밤에 배달을 한다는 아이는 잠들어 있습니다. 수업의 덕을 보는 동시에, 서울대에 입학함으로써 고전읽기 수업의 가치를 학교에 알리는 학생은 결국 은재입니다. 곽이 갈등을 느끼는 이 현실은 어쨌든 곽의 의지나 능력만으로는 해결할 수 없는 커다란 문제겠지요. 그래서 소설을 읽으면서, 현실에서 가능한 '좋은 교육'이란 무엇인지 묻게 되었습니다. 이것이 이 소설이 (답하기보다는) 제기하고 있는 큰 질문이라는 생각도 드는데요. 정답을 구하기보다는 질문을 나누는 느낌으로, 작가님에게 이 질문을 돌려보고 싶습니다.

김기태 요즘 "이거 내가 꼰대야?"라는 질문을 많이 나누는 듯합니다. '꼰대 판독기' 역할을 하는 상황이 공유되기도 하고요. 한번은 "다른 사람을 바꿀 수 있다고 생각하면 이미 꼰대다"라는 말을 전해 들었어요. 요지는 이해되지만, 그럼 우리가 서로에게 무엇인지 반문하고 싶기도 했습니다. 언젠가부터 '가르치다'라는 말의 뉘앙스가 나빠졌지요. '왜 날 가르치려고 해?' 같은 문장만 떠오릅니다. 그런데 가르치는 게 그렇게 나쁜가요. 서로 가르치고 배우고 영향력을 주고받고 함께 변화하지 않고서 어떻게 더 좋은 세상을 만들까요. '바꾸라고 요구하는 쪽'과 '바뀌어야 하는 쪽'이 부당하게 정해져 있는 경우가 많았지만, 그 해결책이 "모두 서로 신경 꺼"는 아닐 거예요. 신경 끄는 게 편하니까 끌리긴 합니다. 저 역시 그럴듯한 논리로 '존중'이라는 개념을 꺼내 들었지만, 결과적으로는 상대를 '방치'하고 있는 자신을 발견하고는 하지요. 이런 동시대적 징후에 한정해서 비약을 감수하자면, 좋은 교육을 논하기 전에 다음 두 질문이 선행되어야 한다고 생각합니다. 첫째, 우리가 인간 또는 시민으로서 체화해야 하는 보편적 가치는 합의될 수 있는가. 둘째, 그러한 가치를 공유하기 위해서 개인성을 얼마만큼 침해할 수 있는가.

이희우 소설의 마지막에 곽은 『자본론』을 처음부터 다시 읽겠다고 마음을 다잡는데요. 여전히 가르치는 일의 보람과 의미를 위해 애쓰고 있는 것처럼 보였어요. 이 노력은 한 실무자가 (자신을 위해) 일하고 살아갈 보람을 찾는 것이기도 할 테고, 누군가에게는 별로 정직하거나 좋은 다짐으로 보이지 않을 수도 있겠지요. 그가 어떤 이상을 가진 사람이든 현실에서의 모순과 마찰을 피할 수 없을 것이고요. 어쨌든 저는, 배우고 가르치기를 포기하지 않는다는 사실만으로도 곽이 좋은 선생님이라는 생각이 들어요. 만약 곽이 가르치는 일 속에서 보람과 의미를 찾기를 체념한다면 자신에게도, 학생들에게도 좋지 않겠지요. 하지만 곽의 이런 의지가 언제까지 지속 가능한 것일까 염려되기도 합니다. 앞으로 곽은 어떤 선생님으로 살아가게 될까요?

김기태 『자본론』을 제대로 읽어야겠다는 결론을 희망차게 받아들이는 독자분들이 제 예상보다는 많은 듯합니다. 말씀하신 대로 그건 '체념'은 아니라는 점에서 긍정적으로 평가할 수 있겠지요. 하지만 자기 자리에서 자기의 진정성만 조각하는 게 무슨 힘이 있는지 따져보면 엉뚱한 결론이기도 합니다. 곽은 앞으로도 배우고 가르치는 삶을 살겠지만, 그 삶이 누구와 교집합을 이룰 수 있는지가 문제 같아요. 밤에는 배달을 하고 학교에서는 잠만 자는 학생, 혹은 빨간 머리와 쌍꺼풀, 후드에게 곽은 어떤 사람이 될 수 있을까요. 서로 겉도는 그 난국을 해소할 만한 실마리가 곽이 펼쳐 들 책 안에 있을까요 밖에 있을까요. 곽이 공부하다 보면 할 수 있는 일을 하게 될 것이라 낙관하고 싶기도 합니다만, 그건 어쩔 수 없이 저도 읽고 쓰는 일에 매몰되어 있는 사람이라서 그럴지도 모르겠습니다.

이희우 지금까지 〈소설보다〉를 통해 만나게 된 작가님의 소설은 쉽게 읽히지만, 곱씹을수록 많은 고민을 남기는 것들이었습니다. 구체적인 관찰을 토대로 하는 것 같지만, 동시에 소설마다 나름대로 작지 않은 문제를 겨냥하고 있다고 느꼈습니다.

마지막 질문은 작업 계획에 관한 것입니다. 작년에도 같은 질문을 드렸던 것 같은데요. 그때는 '큰 그림'을 그릴 만큼 작가로서 능숙해지지 않았다고 대답하셨던 기억이 납니다. 혹시 1년 남짓 사이 달라진 그림이 있는지요? 앞으로 예정한 작업이 있으신지, 앞으로는 어떤 작업을 할 생각이신지 궁금합니다.

김기태 1년이 지났는데 제가 어떤 소설을 쓰고 싶고 쓸 수 있고 써야 하는지 오히려 불분명해졌습니다.

이왕 길을 잃었다면, 내용과 형식 양면에서 더 유연
하게 헤매는 것도 방법이겠거니 하며 하나하나 써나
가고 있습니다. 오는 봄에는 첫 소설집을 출간할 예
정인데요. 그때그때 방황한 결과물을 모아놓고 보면
무슨 궤적이 보이긴 하려나, 섣부른 기대 중입니다.

혼모노

성해나

2019년 『동아일보』 신춘문예를 통해 작품 활동을 시작했다.
소설집 『빛을 걷으면 빛』, 장편소설 『두고 온 여름』이 있다.

역 근처 버거 전문점을 지나다 질겁한다. 앞집 신
애기*가 통유리로 된 창가 자리에 앉아 버거를 먹고
있다. 입가에 마요네즈를 잔뜩 묻힌 채 콜라를 마시
는 그 애를 멀리서 훔쳐본다. 그 애는 양상추와 토마
토는 모조리 빼둔 채 패티가 여러 장 들어 있는 버거
를 게걸스레 씹고 있다.

'할멈이 저런 음식을 먹는다고?'

기가 차다 못해 부아가 치밀어 오른다. 목구멍이
청와대라 밥은 꼭 고두밥으로, 찬은 고춧가루가 섞이

* 내림신을 받은 지 얼마 안 된 무당을 일컫는 말.

지 않은 담백한 것으로, 보양식이라도 비리고 누린 것
은 질색하던 그 까다로운 늙은이가 버거를 먹는다고?

신애기가 버거 하나를 모조리 먹고 너깃을 소스
에 야무지게 찍어 먹는 것까지 넋 놓고 지켜본다. 손
없는 날*도 아닌데 어쩌려고 저럴까. 할멈을 몸주로
모실 때 나는 육고기는 일절 입에도 대지 못했다. 그
뿐인가. 살煞이 낀다는 이유로 애욕도 자제하고, 술과
담배도 금하고, 어머니 염하는 것조차 보지 못했는데.

내가 울화를 터뜨리는 동안 신애기는 자리를 정
리하고 일어선다. 혹 마주칠까 서둘러 몸을 숨긴다.
그 애는 무선 이어폰을 귀에 꽂은 채 점집 골목으로
들어가버린다. 그 애가 걸음을 뗄 때마다 에코 백에
달린 무령에서 잘랑잘랑, 방울 소리가 난다.

卍

신당에 차례차례 옥수를 올린다. 단군, 옥황상제,
남이 장군, 그리고 장수 할멈.

* 악귀가 돌아다니지 않아 인간에게 해를 끼치지 않는 길한
날. 이날은 무당도 일을 쉬고 잠시 일상으로 돌아간다.

성해나

장수 할멈 앞에는 일부러 목단 한 단을 더 놓아둔다. 새벽부터 꽃 시장에 가 고른 것이라 봉오리가 굵고 탐스럽다. 무얼 바쳐도 감격이나 감사 한 번 하지 않던 할멈도 목단을 바칠 때면 늘 흡족해하곤 했다.

곱구나, 참으로 고와. 역시 혼모노는 다르네.

몸주마다 차등을 두고 싶지는 않지만, 요 며칠간은 할멈에게만 정성을 쏟았다. 내가 모시는 신 중 가장 강하고 신통했던 신이 할멈이기에 그 앞에 약과 하나라도 더 놓고, 초도 고급으로 쓰고, 먼지가 쌓이지 않게 때마다 신당을 쓸고 닦았다. 지화紙花가 아닌 생화를 제단에 올리는 것도 다 할멈의 비위를 맞추고자 함인데,

신령님, 참 곱지요?

친근히 물어도 할멈은 회답하지 않는다.

신애기가 앞집에 들어온 것이 벌써 보름 전 일이다. 보라색 트레이닝복을 입고 제 부모와 짐을 나르는 그 애를 보며 순 생짜가 들어왔구나, 조소했다. 그 애는 앳되었다. 스물 정도 되었으려나. 나도 저 나이 때 내림굿을 받았는데. 용달차 뒤에 실린 세간을 등에 이고 지며 부지런히 나르는 부모 곁에서 그 애는

겨우 거드는 수준으로 가벼운 박스 몇 개만 옮겼다. 창가에 서서 저것은 또 얼마나 버티려나, 어림해 보았다. 이 골목은 다른 골목에 비해 음기가 강하고 터가 세 1년도 못 채우고 떠나는 무당들이 숱했다. 저 애가 들어오기 전 앞집에 신당을 차렸던 만신은 딱 아홉 달을 버티다 내뺐다. 넉넉잡아 두 달. 그 뒤엔 짐을 챙겨 나갈 게 분명하다고 예감하며 블라인드를 내렸다.

저녁에 신애기 부모가 팥떡을 들고 찾아왔다. 신애기도 함께였다. 우리 아이를 잘 부탁한다, 신 내린 지 얼마 안 되어 애가 아직 아무것도 모른다, 도사님이 많이 가르쳐주시라, 간곡히 청하는 부모 뒤에서 그 애는 휴대폰을 만지고 있었다. 떡만 덥석 받고 보내기 뭣해 안으로 들인 뒤, 무량사 주지 스님에게서 받은 보이차를 내왔다. 신애기의 아버지는 중국 출장 갈 때마다 보이차를 자주 마셨다며 그 판별법에 대해 자신이 아는 바를 줄줄이 늘어놓았고, 어머니는 이 사람 또 이러네, 하며 조용히 면박을 주었다.

보기에는 같아도 우렸을 때 차이가 나거든요. 가짜는요, 마실 때 몸이 거부합니다. 역겨운 향도 나고. 빛 좋은 개살구죠.

　　　　　　성해나

신애기는 제 아버지의 이야기에 관심조차 기울이지 않은 채 휴대폰만 들여다보고 있었다. 부부가 하나같이 쥐 상에, 큰 욕심 없이 수수한 면면이 꼭 닮아 있는 데 반해 그 딸은 달랐다. 맹한 인상인데도 눈빛에 묘한 살기가 서려 있었다.

찻잎이 짙게 우러나는 동안 부부는 신당을 구경했다. 옥황상제와 칠성, 남이 장군이 원색으로 그려진 탱화, 와불상과 백호를 품에 낀 장수 할멈상이 나란히 장식된 제단을 그들은 이채롭다는 듯 둘러보았다. 신애기의 아버지가 물었다.

도사님은 신 받은 지 얼마나 되셨습니까?

올해로 30년 되었습니다.

30년……

부부는 신애기를 내려다보며 한숨을 쉬었다. 아득하겠지. 고교 시절부터 크고 작은 병치레를 달고 살던 것이 신병 때문이라는 걸 알았을 때 내 어머니도 딱 저런 얼굴이셨다. 평생 무당으로 살아야 한다는 점지를 받았을 때는 당신 탓이라 한탄하며 오읍하셨고. 부부는 아이의 내력에 대해 줄줄이 늘어놓았다. 친·외척을 통틀어 신내림을 받은 이가 단 한 사람도 없는데 이 상황이 믿기지 않는다며.

저희 집이 가톨릭 집안이에요. 지금은 냉담자지만 평생 샤머니즘을 미신으로 여기던 사람들인데, 이걸 어떻게 받아들이겠어요. 어떻게 믿겠어요.

우러난 차를 찻잔에 천천히 따르며 조언했다.

이런 일을 겪으면 다들 부정부터 하기 마련입니다. 다 내게 올 연이다 여기고 받아들이면 편합니다.

침울한 기색으로 차를 마시면서도 부부는 뒷맛이 좋다, 진짜 보이차는 이런 맛이 난다, 칭찬 일색인 반면 신애기는 차를 한 모금 마시더니 그대로 뱉어버렸다.

지푸라기 맛이 나.

그 말에 나보다 그 애 부모가 더 당혹스러워하며 상황을 모면하려 애썼다.

원래 예의가 바른 애인데…… 갑자기 왜 이러니? 도사님 앞에서.

괜찮습니다. 익숙지 않은 이들은 처음엔 다 쓰고 떫다고들 합니다.

이게 얼마나 비싼 차인지도 모르고 버릇없기는. 속마음을 숨긴 채 신애기 앞에 놓인 잔에 차 대신 뜨거운 물을 가득 따랐다.

그나저나 어쩌다 이리로 오시게 되었습니까? 이

성해나

골목은 터가 세서 다들 꺼리는데.

부부에게 한 질문을 신애기가 중간에서 가로챘다.

할멈이 점지해줬거든.

말이 짧아 적잖이 놀랐지만 아기 동자가 들어왔구나, 여기며 너그러이 넘겼다. 내림굿을 받은 지 얼마 안 된 무당에게는 예고 없이 신이 들어올 때도 있었으니. 어르듯 부드러운 말투로 나는 신애기에게 말했다.

그렇습니까 동자님?

신애기는 시큰둥한 얼굴로 찻잔을 밀쳐냈다.

입이 쓰면 사탕이라도 드릴까요?

동자들이란 달콤한 것이라면 사족을 쓰지 못하는 법. 사탕이라도 물릴 요량으로 찬장을 여는데, 등 뒤에서 그 애가 무어라 웅얼대는 소리가 들려왔다.

장수 할멈이 점지해줬어. 네놈 앞집으로 들어가라고.

그것이 시작이었다. 얄궂은 악연의 시작. 혹 잘못 들은 건가 싶어 신애기 쪽을 돌아보며 물었다.

뭐라고…… 하셨습니까?

신애기는 조소하며 답했다.

신발이 다했다더니 진짠가 보네. 할멈이 나한테

온 줄도 모르고.

그 애는 살기 어린 눈으로 나를 똑바로 주시하며 중얼댔다.

하기야 존나 흉내만 내는 놈이 뭘 알겠냐만.

卍

쌀알을 한 움큼 집어 제상 위에 흩뿌린다. 짝이 나온다. 두 번을 해도, 세 번을 해도 죄다 짝이다. 짝은 불길한 수인데, 요즘엔 이렇게 흉패만 거듭된다. 재앙 수, 이별 수…… 지난 30년간 이런 적이 몇 번이나 있었던가. 점사는 집어치우고 창가로 다가간다. 신애기의 신당 앞엔 오전부터 손님이 몇이나 오간다. 호황이다. 이제 겨우 보름 되었는데 어디서 소문을 듣고 왔는지 저 집 앞에 사람들이 떼로 줄지어 있을 때도 있다. 무당집이라면 으레 걸어두어야 하는 오방기도 걸려 있지 않고 간판조차 없는데, 다들 어떻게 알고 모여드는 걸까. 초심자의 행운이겠지. 무심히 넘기려 해도 도무지 태연해지지가 않는다. 문 앞에서 대기하다 번호가 불리면 옆집으로 하나둘 들어가는 이들을 훔쳐보는 와중에 전화가 온다. 부재중으로

돌릴까 하다 통화 버튼을 누른다. 보현보살의 괄괄한
목소리가 전화기 너머에서 전해져온다.

어디야?

어디긴 신당이지.

신당? 오늘 북한산에 기도드리러 가는 날 아니야?

달력을 넘겨본다. 오늘 날짜에 붉은 원이 표시되
어 있다. 매년 입하立夏면 잊지 않고 몸주신께 기도드
리러 산에 올랐는데 그새 까맣게 잊었다. 정신을 어
디 놓고 다니냐며 통을 놓던 보현이 슬며시 용건을 꺼
낸다.

내가 말한 건 생각해봤고?

오늘의 운세? 나 그 일 못 해.

왜 또 변덕이야.

보현의 목소리가 높아지고 내 미간도 따라 찌푸
려진다. 얼마 전 보현이 잡아준 일거리는 영 탐탁지
않다. 오늘의 운세라니. 선무당이나 하는 소일을 나
한테 맡으라고? 낙천적으로 살아가라, 상대의 입장
에서 생각해라, 받은 것이 있으면 줘야 한다, 그런 영
양가 없는 소리를 점괘라 뭉뚱그리며 신문에 실으라
고? 내 이름을 걸고? 이 말도 안 되는. 못하겠다고 재
차 말하자 보현은 어조를 누그러뜨리며 나긋하게 말

을 잇는다.

자기야, 이거 아무한테나 주는 기회 아니다? 내 앞으로 줄 선 무당들 다 제치고 자기한테 먼저 연락한 거야.

나를 위하는 것처럼 보이지만, 그 기저에 보현의 은근한 열등감이 깔려 있다는 것을 안다. 평생 질투해온 나를 서서히 바닥으로 끌어내리려는 저놈의 비열함. 장수 할멈도 보현을 가리키며 그런 말을 했다.

독 없는 뱀이야 저놈은. 위험하진 않지만 가까이 둬서 좋을 건 하등 없지.

전화를 다른 손에 바꿔 들고 적당한 변명거리를 찾는다.

그냥, 몸이 안 좋네. 요즘엔 만사가 성가셔. 몸도 찌뿌듯하니 예전 같지 않고.

병원엔 가봤어?

안 그래도 가봤는데…… 참, 웃겨서 말도 안 나와.

왜?

나한테 번아웃 증후군이란다.

보현이 경박스럽게 웃는다. 무당이 번아웃이라는 말은 생전 처음 듣는다며 웃음을 그치지 않는다.

성해나

정말 번아웃 아닐까.

산에 갈 짐을 다 챙겨놓고도 나갈 채비를 않고 신당에 드러누워 있다. 30년을 한결같이 해온 일인데도 오늘따라 몸이 무겁다. 기도드리러 가면 못해도 엿새는 있어야 하는데, 반나절 꼬박 제상 차려, 매시마다 알람 맞춰두고 기도드려, 잠도 찬 바닥에서 자…… 산에 가지 않을 구실을 하나하나 짚어가며 시간만 까먹는다. 아, 정말 싫다. 마음이 동하지가 않아. 더구나 이제 누구를 위해 기도를 드리느냔 말이다. 신이…… 죄다 떠났는데.

수상한 기미라도 있었다면, 어떤 조짐이라도 보였다면 납득이라도 할 텐데 그들은 그저 떠났다. 언질도 없이 홀연히.

신령들이 떠난 것을 깨달은 건, 지금으로부터 두 달 전이었다. 일이 끊임없이 들어오는 와중에 제법 규모가 큰 재수굿까지 맡게 되어 몸은 축났지만 속으로는 쾌재를 부르던 시기였다. 그날 굿판을 벌인 이는 대단지 아파트의 입주민 대표였다. 대입을 앞둔 자녀의 합과 불을 점치러 온 그에게 할멈은 합격 운 대신 요상한 점궤를 내놓았다.

땅속에 금맥이 줄줄 흐르는데 훼방 놓는 잡귀 때문에 번번이 망조네.

곰곰이 속뜻을 풀어보니 20년간 번번이 재건축 심의를 통과하지 못한 아파트에 관한 점궤였고, 해서 대대적으로 굿까지 벌이게 된 것이었다.

굿판은 1단지 주차장에서 벌어졌다. 갹출해 굿 값을 치른 주민들과 다른 단지에서 구경 온 이들로 주차장엔 차보다 사람이 더 많았다.

여기 주민들 웬만해선 장도 못 서게 해요. 시끄럽다고. 근데 굿한다니까 이렇게 떼로 몰려온 것 봐. 아마 우리 아파트 재건축 승인 나면 도사님 운도 같이 트일걸?

대표의 말처럼 주민들은 기대와 의심이 반씩 섞인 눈으로 굿판이 준비되고 굿이 진행되는 것을 낱낱이 지켜보았다. 개중엔 유튜브에 올리겠다며 카메라 들고 설치는 애들도 있었다. 구색을 맞춰 화려하게 차린 굿상이며 징을 치고 태평소를 부는 악사들을 그 애들은 빠짐없이 카메라에 담았다. 작두굿 하기 전 격렬히 신칼을 휘두르며 신을 부르는 내게 렌즈를 들이대기도 했고.

야, 저 칼 모형이다.

그러게. 꼭 진짜 같다.

봐봐, 다 짜고 치는 거라니까.

그럴 때 찍지 말라며 윽박지르는 것은 '가짜'들이나 하는 짓이었다. 나는 기세등등하게 렌즈를 주시한 뒤, 잘 벼린 칼날로 왼뺨을 스윽— 그었다. 이것이 진짜 칼이라는 것을 명백히 증명해보이려. 내게 신이 들어왔다는 것을 알리려.

칼춤을 추면 보통 탄성이 터져 나오거나 비명과 박수가 뒤섞이는 법인데, 그날은 분위기가 묘한 것이 적막만 감돌았다. 맨 앞줄에 서서 기도를 드리던 대표의 얼굴이 하얗게 질려가고, 태평소도 징도 북도 한순간 무악을 멈추었다.

아저씨……피 나는데요.

애들 중 하나가 말했다. 뺨이 축축했다. 무복 위로 피가 뚝뚝 떨어지고 있었다. 한 번도 해본 적 없는 실수였다. 당황하기도 잠시, 아무렇지 않은 척 나는 신장대를 들고 할멈을 찾았다. 몰려든 구경꾼들 때문에 긴장을 해 접신이 제대로 이루어지지 않은 모양이라 여기며 휘파람도 불어보고 신장대도 흔들어보았다. 어찌된 영문인지 말문이 트이지 않았다. 할멈은 물론 다른 신령들도 짠 듯이 공수를 내려주지 않았다. 진땀이 나고 다리에 힘이 풀렸다.

신령님, 신령님. 오셨습니까?

다시 불러 봐도 마찬가지였다. 어떤 신탁도 들리
지 않았다. 상황을 모면해야 된다는 생각조차 못한
채 흐르는 피를 소매로 대충 닦으며 허겁지겁 그곳에
서 벗어났다.

그 후로 한 번도 접신이 이루어진 적이 없다. 누구
는 신굿을 받으면 나아질 거라 하고, 누구는 닭 모가
지를 잘라 그 피를 시원하게 들이켜면 신이 되돌아올
거라 했다. 모조리 허탕이었다.

그날의 망신이 유튜브에 박제되고부터는 줄줄이
들어오던 일감도 뚝 끊겼다.

그러니 의심스러워지는 것이다. 정말 신애기에
게 할멈이 옮겨간 것은 아닌지. 신이며 운이며 죄 저
것에게 빼앗긴 것은 아닌지. 길 하나를 사이에 두고
보란 듯 서서 손님과 맞담배를 태우는 저 엉큼한 것
에게 말이다.

卍

이가 빠지는 꿈을 꾸었다. 멀쩡하던 이가 하나 둘

빠지다 우수수 떨어지는 꿈.

　깨어서도 잇몸이 얼얼한 것이 밤새 이를 악물고 잔 모양이다. 뜨거운 물로 몸을 씻고 쑥을 태워 그 잔향을 신당 곳곳에 뿌린다. 부정한 기운을 쫓는다. 신당 안에 쑥향이 진동할 즈음, 황보 의원에게 메시지가 온다. 가로수길에 프라이빗한 바를 찾아두었으니 이번에는 거기서 보자고 한다. 신당 외 다른 곳에서는 손님과 접선하지 않는 것을 원칙으로 삼고 있으나, 황보만은 예외다. 점을 보다 기자에게 사진 찍힌 적이 있었고, 그게 신문 2면에 실렸으니 그로서는 신당에 드나드는 것이 이래저래 부담스럽겠지. 더군다나 지방선거가 코앞으로 다가왔으니 더 예민할 수밖에.

　신령님은 못 모셔도 손님은 모셔야지.

　무복을 벗고 평상복으로 갈아입는다. 원래 황보가 아닌 그의 아내가 내 단골이었다. 아내의 강요에 못 이긴 황보가 억지로 점을 보러왔던 것이 약 10년 전 일이다. 못 미더운 기색으로 어디 한번 떠들어봐라, 입을 꾹 다물던 그가 지금도 생생하다. 쉰이 넘어서도 공천의 벽을 넘지 못해 정치권 주변만 몇 년째 맴돌던 것, 이번에도 공천을 받지 못하면 정계를 떠야 하나 갈등하던 것, 그 일로 어젯밤 아내와 한바탕

다툰 것까지 샅샅이 짚어내자 그는 눈을 동그랗게 뜨고 어떻게 아셨냐며 자세를 고쳤다.

제가 뭘 믿은 적이 없는데, 저 오늘부터…… 도사님만 믿겠습니다.

황보는 티셔츠에 청바지 차림으로 바의 가장 구석 자리에 앉아 와인을 마시고 있다. 동생. 그가 나를 발견하고 손짓한다. 나이 차도 얼마 나지 않는데 밖에서만큼은 형 동생 사이로 막역히 지내자 먼저 제안한 건 황보였다. 형님. 황보의 어깨를 가볍게 감싼 뒤, 그의 맞은편에 앉는다.

형님은 볼 때마다 젊어지는 것 같아요. 몸도 탄탄하시고 주름도 없고요.

아냐, 나도 늙었지, 이젠.

얼마 전 보톡스를 맞았다며 그는 눈가와 입가를 가리킨다. 어떻게든 젊게 보이려 안달하던 의원들을 손가락질하고 비웃던 때도 있었는데, 그게 자신이 될 줄은 몰랐다고.

어리면 환대받고 늙으면 외면 당해. 이 바닥이 그래.

다음 주에는 눈썹 문신을 예약했다고, 생전 안 입던 청바지를 꺼내 입은 것도 그 때문이라고 황보는

　　　　　　　　성해나

말한다. 어디 정계뿐이겠는가. 내가 몸담은 바닥에서도 나이 든 사람은 내쳐지는데. 생각하며 잘 숙성된 포도주를 들이켠다. 황보가 의아하다는 얼굴로 나를 빤히 본다.

동생, 술을 마시네? 할머니가 싫어하신다고 생전 입에도 안 대더니.

술을 뱉을 뻔하다 겨우겨우 넘긴다. 할멈이 몸주로 있을 땐 일절 삼가던 것들을 거리낌 없이 할 수 있게 되니 이런 잔실수까지 하게 된다.

젯술…… 비슷한 거죠. 신령님도 가끔은 술을 드셔야 정신도 가벼워지고 영통하시고…… 그런 것 아니겠습니까?

다행히 황보는 더 캐묻지 않는다. 안주로 나온 치즈를 먹으며 그는 이번 선거에서 자신의 궤가 어떨지 넌지시 묻는다. 돌려 말하는 것을 싫어하는 사람인 건 진즉에 알았지만, 술도 오르지 않았는데 이렇게 급히 본심을 내비친다는 게 새삼 놀랍다.

어때, 당선이 될 것 같다고 하시나? 할머니가?

황보가 묻는다. 양손에 땀이 맺힌다. 무슨 말을 할지 고민하다 얼마 전 읽은 기사로 얼른 화제를 우회한다.

혼모노   79

형님, 요즘 교회 다니신다면서요?

허를 찔린 듯 그의 얼굴이 굳어진다. 그게 말이야, 그는 급히 변명부터 한다. 그의 말을 슬며시 끊는다.

앞으로 드나들지 마세요. 이제껏 신령님 모시며 쌓아온 좋은 기운 다 빼앗깁니다.

내 말에 황보는 먹던 치즈를 도로 내려놓는다.

다 표밭 다지기지. 와이프 절 보내고 나는 교회 가고…… 그래도 내가 믿는 건 동생뿐인 거 알지?

알다마다요, 그래도 교회는 안 됩니다.

적당히 눙치며 챙겨온 쌀과 반盤을 테이블에 꺼내놓는다. 쌀을 쥐고 반 위에 조금씩 흩뿌린다. 낱알 수를 헤아리는데, 또 짝이 나온다. 다른 수도 아니고 하필 둘로 떨어진다. 불길 수다. 내 표정을 살피며 황보는 조심스레 묻는다.

궤가 영 안 좋나?

아니요, 좋습니다.

일부러 없는 말을 지어낸다. 최대한 긍정적이고 이로운 쪽으로.

올해엔 적장의 목을 벨 수가 들어와 있네요.

정말?

예, 연운이 좋아요.

황보의 입꼬리가 숨기지 못할 정도로 올라간다.

다만······

눈치를 보다 넌지시 말끝을 흐린다. 팽팽히 당겨졌던 황보의 입꼬리가 천천히 내려간다.

왜? 또 뭐가 더 보여?

일부러 대답을 주저하며 그를 감질나게 만든다. 쌀알을 톺아보다 나는 말을 잇는다.

6월에 액운이 꼈네요. 그때가 형님한테 가장 중요한 시기일 텐데······ 때를 놓치면 기회는 한참 뒤에나 올 것 같고, 이 액을 막으려면 굿을 해야 될 것 같은데······

할멈이라면 뭐라고 했을까. 돈 좀 만져보겠다고 니시모노にせもの*도 않는 몹쓸 짓을 한다며 욕이라도 뇌까리지 않았을까. 하지만······ 신도 떠나고 유튜브에 우스꽝스러운 영상까지 올라간 마당에 굿이라도 벌여야 숨통이 트이겠는걸 어쩌겠나. 당장 월세낼 돈도 없어 현금 서비스를 받는 통에 이런 기회라도 잡지 못하면 내일이 까마득해지는 것을.

흩뿌린 쌀알을 정리하며 황보의 답을 기다린다.

* '가짜'라는 뜻의 일본어. 여기서는 '선무당'을 가리킨다.

이럴 때 군말을 보태면 다 된 일에 재 뿌리는 격이므로 말은 최대한 아낀다. 마른 입술을 술로 축이며 침묵을 지키던 황보가 입을 뗀다.

동생도 아시다시피 내가 성골은 아니잖아. 줄이 있는 것도 아니고. 여기까지 온 것도 다 우리⋯⋯

다음 말은 안 들어도 알 것 같다. 다 우리 동생 덕이라는 말이겠지. 당의 공천조차 받지 못했던 아웃사이더 시절부터 시장 선거를 앞둔 지금까지. 이 남자의 업적이라 할 만한 것에는 다 내 공이 들어가 있다. 군산에 있던 조상의 묘를 용인으로 옮기라 점지한 뒤 그는 두 번 연속 고배를 마셨던 구에서 국회의원으로 당선되었고, 벼락 맞은 대추나무에 부적을 그려 집에 걸어둔 뒤로는 당의 최고 의원이 되었다. 그저 운이라고 단정 짓기 어려운 행보였으니 그도 나를 신뢰하는 것 아니겠는가. 황보가 말을 잇는다.

다 우리 할머니 덕이지.

그 말에 맥이 빠진다.

할게. 굿보다 더한 것이라도 해야 한다면 해야지.

그가 잡고 싶은 동아줄은 나일까, 할멈일까. 남은 와인을 들이켠다. 뒷맛이 쓰고 텁텁하다.

卍

편의점 가판대 앞에서 바나나우유와 바나나맛
우유는 뭐가 다른지 한참 고심하는데, 뒤에서 누군가
하나 남은 바나나우유를 쏙 채간다. 보라색 트레이닝
복이 눈에 익더라니 앞집 신애기다. 그 애와 앞뒤로
서서 계산을 한다. 가까이 살다 보니 이렇게 오며 가
며 마주치는 일도 잦고, 가끔은 듣고 싶지 않아도 그
집에서 나는 소리가 내 신당까지 전해질 때도 있다.

며칠 전에는 유리 깨지는 소리며, 그 애 아버지의
고함이 내 신당까지 들려왔다. 돈, 돈, 돈…… 그런 말
들이 드문드문 들렸고 시간이 지날수록 점점 격해졌
다. 안 봐도 빤했다. 큰돈 한번 만져보니 욕심이 나는
거겠지. 이 바닥에는 경제적 예속을 빌미 삼아 자기
애를 극악하게 굴리고 더 큰돈을 요구하고 갈취하는
부모들이 더러 있었다. 내 어머니도 그랬다. 시장서
두붓값 깎는 것도 죄스러워하던 그 여린 분이 돈맛을
보자 어찌나 그악스러워지던지, 종국에는 어머니의
성화에 못 이겨 이틀간 잠도 못 자고 허벅지를 꼬집
어가며 손님을 받은 적도 있었다. 어린 마음에 밤에
는 신령님들과 영통할 수 없다고 거짓말하자 어머니

는 얼굴을 일그러뜨리며 호통치셨다.

애, 신령들은 시간 정해서 온다니?

신애기네 집에서는 계속 고함이 들려왔다. 돈, 돈, 돈…… 남의 가정사에 함부로 끼어들긴 싫었으나 공연히 걱정이 되긴 했다. 그래도 아직 어린애인데 저렇게까지.

계산을 마친 신애기가 내 쪽을 힐끗 돌아본다. 귀에 꽂은 이어폰에서 시끄러운 전자음이 새어 나온다. 예상과 달리 그 애는 내게 고개 숙여 인사한다. 멋쩍어하면서도 나름 예의를 차려서.

안녕하세요.

어, 어……

어영부영 인사를 받는다. 주근깨 박힌 말간 얼굴에, 숱 많은 머리를 고무줄로 질끈 묶은 그 애는 편의점 안에서 김밥과 라면을 먹는 여느 학생들과 다를 바 없다. 나를 노려보고 야유하며 말 같지도 않은 말을 뱉던 그날과는 판이하다. 정말 저것에게 할멈이 옮겨간 걸까.

바나나 맛이 나지만 바나나는 아닌 우유를 마시며 나는 장수 할멈을 떠올린다.

모자母子처럼 붙어 지낸 지 장장 30년. 돌이켜보

면 그렇게 오랜 세월 붙어 있었는데도 할멈과 나는 서로를 각별히 아끼기보다는 실리적인, 참으로 별난 관계였다. 괴벽한 노인네였지. 입맛뿐 아니라 취향이며 습관도 유별났고 변덕이 손바닥 뒤집듯 해 곤혹스러웠던 적도 한두 번이 아니었다. 가지고 싶은 건 꼭 손에 쥐어야 하고, 듣고 싶은 말은 들어야 직성이 풀리고. 수틀리면 일본어로 욕을 했는데, 어찌나 험악하던지 오금이 저렸다.

그래도 기가 막히게 영험하긴 했다. 두 번에 한 번꼴로 헛다리 짚는 다른 신령들과 달리, 할멈의 예측은 늘 정확히 맞아떨어졌다. 가끔은 내 속내까지 훤히 꿰뚫어 섬뜩할 때도 있었고.

기분이 좋을 때, 할멈은 내게 입버릇처럼 말하곤 했다.

문수야, 너 무형문화재 되고 싶지? 내가 그거 시켜줄까?

문화재는 모든 무당의 꿈이었다. 숭고하고 높은 자리. 비밀스러운 욕망. 흘려듣는 척했지만, 할멈이 그렇게 은밀히 속삭일 때면 떨림을 주체할 수 없었다. 속물처럼 보일까 누구에게도 밝히지 못한 나의 속내를 할멈은 죄다 알아챘다. 내 지저분한 비밀까지도. 문화재 자격시험에서 번번이 떨어지고 있던 차였다. 네번째 시험을 치르기 전 감독관에게 슬쩍 뒷돈을 찔러준 것, 지금이 쌍팔년도인줄 아느냐며 그 자리에서 모욕을 들은 것까지 할멈은 속속 들추어냈다.

나이 들어 야심까지 강하면 사람들도 그걸 알아채고 달아나, 좋은 운도 다 황이 되는 법이다.

늙어갈수록 본심을 숨겨야 약이 된다, 그래야 추하지 않다, 조언하며 그녀는 나지막이 덧붙였다.

내가 문화재 시켜줄게. 너는 내 말만 잘 따르면 된다. 그러면 분명 노난다.

그깟 문화재 해서 무얼 하나 싶다가도 할멈이 살살 구슬리면 금세 마음이 돌아섰다. 다른 신령들은 몰라도 그녀의 말이라면 신용이 갔다. 열이면 열, 무슨 일이건 해결하고 성사시켜주던 신통한 신이었으니.

제단에 전시된 장수 할멈상의 먼지를 떨어낸다. 옥수를 갈고, 시들어버린 목단도 새것으로 채운다. 지화를 쓰면 수고로움이 덜하겠지만, 어쩌겠나. 할멈이 생화를 좋아하는걸. 혼모노라면 환장하는걸. 이렇게라도 그녀가 다시 돌아오길, 약속을 지켜주길 고대하며 줄기를 사선으로 잘라 화병에 넣는다. 오래오래 생기 있게 살아남기를 바라며.

卍

거리마다 벽보며 유세 현수막이 죽 걸려 있다. 맨 앞에 걸린 황보의 벽보 앞에 나는 잠시 멈춰 선다. 인자하게 웃고 있는 벽보 속 그는 실물보다 두 배는 젊어 보인다. 보정을 했겠지. 표정은 부드러우면서도 권위 있게, 흰머리도 검버섯도 주름도 전부 지우고. 이런 노력에도 불구하고 황보의 지지율은 몇 주째 그보다 열 살은 젊은 상대 후보와 앞서거니 뒤서거니 하고 있다. 그의 애가 타는 만큼 내 속도 따라 타들어 간다. 비록 돈으로 얽혀 있긴 하나, 함께했던 10년 동안 우리 사이 신의와 우정 역시 돈독해졌다는 건 부정할 수는 없을 것이다.

벽보 앞에 한참 서서 황보의 무운을 빈다. 나무아미타불, 나무아미타불, 신령님 아나명아.

무속 용품 가게에 들어가 굿에 쓸 종이 신발과 새 무복을 고른다. 그 외에 필요한 것들도 망설임 없이 골라 담는다. 튼튼하고 값나가는 것들로.

이번 굿은 규모가 큰가 봅니다? 나라님 굿이라도

혼모노   87

치르는 겁니까?

은밀하게 떠보는 사장을 향해 나는 싱겁게 웃고
만다. 황보는 굿판을 크게 벌이고 싶다고 했다. 굿상
도 규모 있게, 악사도 여럿 두고, 제물로 바칠 육우는
본인이 직접 고르고 도축까지 맡긴다고 했다. 상대
후보 역시 유명한 만신에게 굿을 받는다는 소문이 돈
다며 그에 비견될 정도로, 아니 그보다 더 성대하게
굿을 치르고 싶다고 했다.

하지만…… 과연 잘할 수 있을까. 아직도 칼날만
보면 심장이 뛰고 식은땀이 난다. 신들은 돌아올 기
미조차 없고.

서슬이 시퍼런 작두를 가리키며 사장에게 묻는다.

혹시 모형은 없습니까.

사장은 어안이 벙벙한 얼굴로 나를 빤히 본다. 괜
한 소리를 한 것 같아 귀가 뜨거워진다. 인터넷 쇼핑
몰을 뒤지면 나올까. 심장이 떨려 이 짓도 오래는 못
하겠다.

굿에 쓸 짐을 양손에 들고 지하상가로 내려가다
신애기를 발견한다. 오늘도 그 애는 귀에 이어폰을
꽂고 혼자 걷고 있다. 로드 숍에 들어가 립스틱을 바
르기도 하고, 의류 매장 앞에 멈춰 질이 좋지 않은 니

트며 촌스러운 캐릭터가 그려진 티셔츠를 구경하다 직원이 호객을 하러 나오면 급히 걸음을 옮기기도 한다. 역에 걸린 아이돌 전광판을 한참 바라보기도 하고, 델리만주 가게 앞에서 갈팡질팡하다 결국엔 돌아서고, 계단을 두 칸씩 오르며 숨을 몰아쉬기도 하고…… 어쩌다 보니 뒤를 밟는 꼴이 되어 석연치 않지만, 가는 방향이 같은데 어쩌겠나. 짐을 추켜들며 그 애의 보폭에 맞추어 느리게 걷는다.

트레이닝복 주머니에 손을 넣고 걷던 신애기가 한순간 우뚝 멈추어 선다. 혹 들킨 건가 싶어 몸을 숨기는데, 그 애는 내 쪽은 돌아보지도 않은 채 프랜차이즈 카페 안으로 성큼 들어간다. 망설이다 나도 그 안으로 들어간다. 평일 낮인데도 사람이 꽉 차 있다. 노트북으로 강의를 듣는 사람, 문제집을 펴놓고 공부하는 사람, 디저트를 나누어 먹으며 시시콜콜한 대화를 나누는 사람까지. 대부분 그 애 또래의 학생들이다. 이 동네가 신당뿐 아니라 대학가와 접해 있다는 사실을 나는 자주 잊는다. 신당 근처만 맴도는 나와는 무관한 일이다. 한때는 일부러 대학가를 피해 멀리 돌아서 다녔으나, 그것도 다 이십대 초반, 무당이 된 지 얼마 안 되었을 때 얘기다. 내 생활을 부끄러워하고 별스러워할 시기는 이미 오래전에 지났지.

신애기와 두 테이블 정도 떨어진 곳에 조용히 자리를 잡는다. 노트북이나 책, 파트너를 앞에 둔 다른 이들과는 달리 신애기 앞은 텅 비어 있다. 빨대로 무료하게 기포를 만들던 그 애가 난데없이 소리 죽여 웃는다. 그 애와 비슷한 나이대의 학생 둘이 옆 테이블에서 은어를 주고받으며 서로를 짓궂게 놀리고 있다. 그들의 유치하고도 애정 어린 대화를 엿들으며 신애기는 조용히 웃는다.

친구는 있을까. 있어도 일상을 공유하거나 실없는 이야기를 나누며 낄낄대기는 힘들 것이다. 우리가 얻은 생은 여느 평범한 이들의 삶과는 다르니까. 저 나이에 나는 평범한 삶을 살고 범상한 몸을 가질 수 있기를 간절히 염원했는데, 한 번만 살 수 있다는 것을 저주처럼 여겼는데.

저 애도 비슷할까.

신애기는 음료에 기포를 만들며 오후를 보낸다. 평범하게. 나도 몰래 그것을 따라해본다. 볼에 바람을 불어넣으며. 보글보글, 보글보글.

성해나

卍

유튜브를 보며 접신 연습을 한다. 과장되게 눈을 뒤집고 몸을 부르르 떨다 자괴감을 느끼고 그만두길 몇 차례. 그동안은 도대체 어떻게 했던 걸까. 신의 출입이 어찌 그리 자연스러울 수 있었던 걸까. 모형 작두와 칼은 주문해놓은 지 오래다. 이제 연습만이 살길이다. 해원경解冤經을 크게 틀어두고 주악에 맞춰 칼춤을 춘다. 티셔츠부터 드로어즈까지 땀으로 젖어갈 즈음, 전화가 온다. 황보인 줄 알고 얼른 받으려다 주춤한다. 보현이다. 이게 또 무슨 같잖은 소리를 하려고. 오늘의 운세 이야기를 꺼내면 바로 끊어버리겠다고 다짐하며 전화를 받는다.

왜? 오늘의 운세 때문이지? 나 그거 안 한대도. 다른 무당 알아봐.

퉁명스럽게 운을 띄우는데, 보현이 난데없이 묻는다.

자기, 괜찮아?

이건 또 무슨 소리인가 싶어 황당해하는 내게 보현은 말한다.

……모르는구나?

보현은 자신이 주워들은 이야기를 빠르게 늘어놓는다. 보현이 전하는 소식을 듣는 동안 식었던 몸이 서서히 뜨거워진다. 귓전을 울리던 해원경 장단이 더는 들리지 않을 정도로 정신이 아득해진다. 보현에게 묻는다.

그거, 진짜야?

농이겠어? 어제 기도드리러 갔다가 장광 도사를 만났거든. 그이가 자기 상대편 만신이잖아. 나한테만 얘기해주는 거라면서 슬쩍 언질 하더라고.

전화 너머에서 보현은 신나게 떠든다. 전화를 끊어버린다. 땀으로 흠뻑 젖은 옷을 갈아입을 생각도 않은 채 서둘러 앞집으로 뛰어간다.

신애기는 집 앞에서 담배를 태우고 있다. 내가 입을 뗄 틈도 없이 그 애가 먼저 말한다.

너 올 줄 알았다.

그 애는 담뱃불을 손으로 짓눌러 끄더니 앞장서 집 안으로 들어간다. 들어와, 말하며 문을 살짝 열어둔다. 만나자마자 냅다 쏘아붙일 작정이었는데 막상 독대를 하니 아무 말도 나오지 않는다. 기에 눌린 걸까. 아니야, 그래선 안 되지. 정신을 바짝 차리며 신당 안으로 들어간다.

매캐한 향냄새가 훅 끼친다. 신발을 벗기도 전에 기함한다. 옥황상제와 칠성, 남이 장군이 원색으로 그려진 탱화, 와불상과 백호를 품에 낀 장수 할멈상이 나란히 장식된 제단. 그 구조가 나의 신당과 하등 다를 것 없다.

할멈이 그러더라. 자긴 낯선 환경은 질색이라고.

그래도…… 이건 상도에 어긋나는 일 아닌가. 한 골목에서 영업하는 이들끼리 이래도 되는 것인가. 누그러졌던 분노가 한순간 훅 들끓는다. 하지만 상대는 나보다 한참 밑인 신애기다. 투명히 속내를 비치고 윽박질러 상대를 내모는 것이 과연 옳을까. 마음을 추스르며 용건을 거론한다.

내가 여기 온 이유는……

알아. 너 분해서 온 거잖아. 내가 너 대신 그 의원 굿을 맡게 돼서.

그 애는 한마디도 지지 않는다.

그이가 그러더라. 이제 넌 감이 다 떨어진 것 같다고. 자기가 정치판에서 굴러먹은 게 몇 년인데 니 시모노 하나 구별 못 하겠냐고.

니시모노. 그 단어에 퍼뜩 감이 온다. 할멈이 자

주 쓰는 말. 저건 분명 할멈이다.

……신령님이십니까?

내 물음에 답조차 않은 채 할멈은 신애기와 둘이
서만 영통한다. 나를 사이에 두고 자기들끼리 얘기를
주고받으며 큭큭거린다. 나를 없는 사람 취급하며 장
시간 즐겁게 속닥인다. 영통이 길어질수록 안달이 난
다. 할멈과 신애기. 둘은 기질이 맞는 것처럼 보인다.
나와는 다르게. 나는 할멈을 모시고 받들었는데, 저
것은 할멈과 동등하다. 참다못해 소리친다.

신령님, 말도 없이 떠난 것도 모자라 이젠 다른
무당에게 옮겨 붙어 사람을 피 말리게 하십니까? 어
떻게 저한테 이러실 수 있습니까?

배신감에 치가 떨리지만 한편으론 겁이 나 우두
망찰한다. 저주를 퍼붓거나 악다구니를 뱉기에 할멈
은 너무나 큰 존재다. 여태껏 그녀에게 대들어본 적
도, 말을 물고 늘어져 본 적도 없다. 할멈과의 관계에
서 밀지는 건 항상 나였다. 잔뜩 잠긴 소리로 밑바닥
에 고여 있던 울분을 힘겹게 토해낸다.

제가 뭘 그렇게 잘못했습니까. 하라는 건 다 했는
데, 드릴 수 있는 건 다 드렸는데……

쉴 새 없이 떠들어대던 신애기가 말을 멈추고 내

성해나

쪽을 빤히 쳐다본다. 묘한 살기를 띤 눈으로 나를 똑바로.

문수야.

신령님……

드디어 내 부름을 받으셨구나. 감격하며 할멈의 말을 기다린다. 하지만 뒤이어 들려온 말은……

할멈이 너한테 준다는 거, 그거 너 대신 내게 준단다.

뭐?

네가 그렇게 되고 싶어 하던 문화재. 그거 나 하게 해준다고. 할멈이 넌 너무 늙었다네. 늙은 게 야심만 가득해 흉하다고.

신애기가 두 손으로 입을 틀어막고 웃는다. 큭큭 큭큭, 큭큭큭. 손가락 사이로 기분 나쁜 웃음이 새어 나온다. 온몸의 피가 머리로 쏠린다. 종아리가 풀리고 손이 저려온다. 모르겠다. 지금 나를 향해 조소하는 것이 할멈인지 저 애인지, 허깨비인지 인간인지, 진짜인지 가짜인지…… 가슴속에서 뜨거운 무언가가 일렁인다. 그 불길에 저 애에게 잠시 가졌던 연민이며 동질감, 할멈을 향한 애증과 경외심도 모조리 타버린다.

신발도 제대로 신지 않고 나는 골목을 그대로 가로지른다.

나의 신당은 고요하다. 제단 위에 놓인 장수 할멈상이 눈에 띈다. 시들 기미 없이 여전히 생생한 목단도.

징그러울 만큼 붉은 그것을 화병째로 들어 던진다. 화병이 산산이 부서지고 손에 피가 맺힌다. 제단 한가운데를 점한 장수 할멈상을 향해 소리친다.

이겁니까, 당신이 원하던 게?

억울한 외침에도 할멈은 초점 없는 눈으로 허공을 바라볼 뿐이다.

말씀해보세요. 말씀 좀 해보세요!

중언부언하며 악을 지르는데도 할멈은 여전히 묵묵부답이다. 계속되는 침묵에 분이 가시지 않아 할멈상을 들어 올리다, 흠칫한다. 한 번도 인지한 적 없었는데, 너무나도 가볍다. 원래 이랬던가. 이게…… 원래 이렇게 가벼웠나. 할멈상을 벽에 던진다. 텅, 하는 소리와 함께 할멈상이 바닥에 나뒹군다. 텅, 텅, 텅……

그 꼴을 보고 있자니 나도 모르게 웃음이 터져 나

성해나

온다. 큭, 큭큭큭큭큭. 큭큭큭. 큭큭큭. 멈춰보려 해
도 딸꾹질처럼 웃음이 계속해서 터진다.

큭큭큭, 큭큭큭큭.

卍

소만小滿.

하늘빛이 맑고 구름 한 점 없다. 미풍에 무복 밑
단이 부드럽게 휘날린다. 이런 날이 1년에 몇 번이나
될까 싶을 정도로 복덕福德에 해당하는 대길일에 굿
은 치러진다.

야트막한 오르막길을 따라 필로티 구조의 단층
주택과 관리가 잘된 고급 맨션이 죽 늘어서 있다. 녹
지를 품고 있어 주변은 고요하고 녹음이 넘실댄다.
챙겨온 짐을 들고 그 길을 천천히 오른다. 어디선가
미약하게 태평소 소리가 들려온다. 다른 집들과 한
블록 떨어진 곳에 위치한 2층 주택에 다다르자 소리
가 점차 커진다. 문패에 황보의 이름이 한자로 씌어
져 있다. 부지는 넓으나 사방을 담장으로 에워싸 바
깥에서는 내부가 보이지 않는다. 이 부지도 내가 점
찍어주었지. 명당 중의 명당이라는 영구음수형 택지

라 입맛 다시던 도사들이 얼마나 많았는지, 그들을
다 제치고 이곳을 차지하느라 얼마나 큰 품을 들였는
지 황보도 잘 알 것이다.

지금 저 집에서는 악기 소리가 요란하다. 독경 외
는 소리도 뜨문뜨문 들린다. 뭐에 홀린 사람처럼 나
는 거침없이 안으로 들어선다.

다홍치마 위에 장삼을 걸치고 머리엔 흰 고깔을
쓴 신애기가 가장 먼저 눈에 들어온다. 그 애 옆에서
금빛 몽두리를 입은 두 명의 무당과 판수, 삼현과 육
각의 갖가지 악기를 든 악사들이 굿을 돕고 있다.

굿판은 일정한 기승전결에 따라 움직이는 법이
다. 막이 걷히면 긴 장정이 시작되고, 하나의 장이 끝
나면 곧 다음 장이 이어지는…… 지금 마당에선 불사
거리가 한창이다. 신애기는 부채와 방울을 들고 공수
를 받고, 황보와 그의 식구들은 그 앞에 꿇어앉아 기
도를 드리고 있다.

나무아미타불, 나무아미타불. 신령님, 신령님 아
나명아.

옆도 뒤도 살피지 않고 불사거리에 몰입해 있는
그들 곁으로 나는 한 걸음 한 걸음 다가선다. 마당에

빙 둘러서 굿을 치르던 이들이 하나둘 내 쪽으로 시선을 돌린다. 이 서사에 기어코 비집고 들어온 나를 황보도, 그의 식구들도, 무당들도 당혹스러운 눈빛으로 바라보는 와중에 오직 신애기만이 내가 올 줄 알았다는 듯 태연히 불사거리를 마치고, 장수거리를 준비한다. 신애기는 신칼을 들고 장수 할멈 맞을 준비를 한다. 제상이 거두어지고, 성인 남자 팔뚝만 한 작두가 마당에 놓인다. 챙겨온 짐을 들고 신애기 곁으로 향한다. 황보가 나를 막아선다.

저기, 일전에 합의 본 것으로 아는데……

그 말대로 며칠 전 통보를 받은 게 사실이다. 황보는 이해관계가 맞지 않아 굿을 물리게 되었다고 점잖게 설명했으나, 사정을 뻔히 알고 있는 내게 그것은 가식이고 우롱일 뿐이었다. 그는 이제 나를 동생이라 친근히 부르지도 않는다. 일말의 정다운 감정들은 사라진 지 오래.

대답 없이 가방 안에 담아온 것들을 하나씩 꺼내놓는다. 주름 한 점 없이 다린 장삼, 흰 고깔, 밤새 숫돌로 날카롭게 벼린 신칼과 쌍작두. 뭐하는 거냐 소리치는 황보를 나는 말없이 쏘아본다. 그는 말을 더 보태려다 말고 주춤하며 뒷걸음질을 친다.

공수를 기다리는 신애기 앞에 마주 선다. 악사들도 다른 무당들도 떨떠름한 얼굴로 나와 신애기를 번갈아 본다. 신애기는 아무럼 상관없다는 듯 칼을 들고 춤을 추기 시작한다. 나도 그 애를 따라 조금씩 발동을 건다.

이것은 나와 저 애의 판이다. 누구의 방해도 공작도 허용될 수 없는 만신들의 판이다.

머뭇거리던 악사들이 천천히 연주를 시작한다. 북소리가 들리고 피리 소리가 깔리고 태평소의 시나위가 울린다. 판수가 입을 떼어 독경을 왼다.

금일 영가 저 혼신은 혼이라도 오셨으면 만반진수 흠향을 하고 일배주로 감응을 하야.

신칼을 들고 달싹달싹 발을 뗀다. 볕이 내리쬘 때마다 칼날이 서늘히 반짝인다. 신애기가 먼저 칼을 어른 뒤, 제상에 놓인 사과 한 알을 날에 가져다 댄다. 날이 스칠 때마다 단단한 과실이 서걱서걱 토막 난다. 칼의 위력을 확인시킨 다음, 그 애는 날을 들어 혓바닥이며 팔과 다리를 서슴없이 긋는다. 다들 숨을 죽이며 그 광경을 지켜본다. 그 애는 아픈 기색조차 없이 태평하게 의식을 치른다. 피는커녕 피멍울조차 비치지 않는다. 이제는 내 차례다. 수박도 쩍 갈라

놓을 만큼 밤새 매섭게 벼려놓은 칼날이 살갗에 닿고 신경을 지난다. 나를 보는 신애기의 표정이 미묘하게 일그러진다. 피가 흐르고 있겠지. 이미 입안에선 비릿한 피비린내가 진동하니까. 허나 중요치 않다. 아픔도 고통도 이제 더는 느껴지지 않는다. 신애기는 찜찜한 얼굴로 작두에 오를 준비를 한다. 사다리 모양으로 여러 겹의 칼날을 겹친 칠성작두 위에.

풍화환란 제쳐놓고 재수소원 생겨주고 왕생극락을 들어가서 인도환생을 하옵소서.

신애기는 무당들의 도움을 받아 가볍게 작두에 올라탄다. 다른 굿거리도 중요하나, 이 긴 서사의 백미는 장수거리다. 갑옷과 칼로 무장한 장수 할멈이 작두 위에서 역신을 쫓는 대대적인 굿거리. 작두 위에서 내리는 공수는 어떤 공수보다 위엄 있다. 신애기는 작두에 올라 할멈을 부른다.

나무아미타불 나무아미타불 나무아미타불 나무아미타불, 오셨습니까.

마침내 할멈이 들어왔는지 신애기의 눈빛이 전과 달라진다. 그 애가 작두 위에서 천천히 발을 떼는 동안 황보와 그의 가족들은 손을 모아 간절히 기도를 드린다. 비나이다, 비나이다. 그들의 안중에 나는 없겠으나 신경 쓰지 않고 작두를 탄다. 차고 저릿한 감촉이 발끝부터 서서히 전해져온다. 온몸의 털이 바짝 솟을 만큼 송연한 감각이다. 누구에게도 의탁하지 않고 도움을 구하지도 않고 한 발 한 발 조심스럽게 뗀다.

판수의 독경이 점차 빨라지고, 악사들의 장단도 중중모리에서 자진모리로 바뀌기 시작한다. 그에 따라 작두를 타는 몸짓도 다급해진다. 등판은 벌써 땀으로 푹 젖었다. 신애기도 매한가지다. 이제 누가 더 오래 버티나의 싸움이다. 이 서사의 주인공을 가르는 건 그것이다. 과장되게 눈을 까뒤집고 몸을 억지로 떨며 신접 흉내를 내는 것은 지금 내겐 무용한 일이다. 자연스럽게 몸이 떨리고 눈이 뒤집힌다. 오금이 무지근하게 당겨온다. 발바닥은 뜨겁고 끈적한 피로 흥건하다. 황보가 뜨악한 얼굴로 내 쪽을 본다.

북소리가 거세진다. 하늘은 낮고 볕은 강하다. 구름의 방향이 바뀔 때마다 신애기와 내 얼굴에 번갈아가며 그늘이 진다. 이제는 등뿐 아니라 정수리와 목덜미, 발가락까지 찐득하게 젖어든다. 피인지 땀인지 모를 것들이 뒤섞여 뚝뚝 떨어진다. 뒤로 넘어갈 듯 기진맥진한 상태로 작두를 탄다. 신애기 역시 지친 것으로 보이나 멈출 수 없다. 이를 악물고 악착스럽

성해나

게 작두춤을 춘다.

장구를 치는 악사는 채를 왼쪽, 오른쪽으로 번갈아 가며 빠르게 손을 움직이고, 휘모리로 장단이 바뀐다.

나무아미타불 나무아미타불 나무아미타불 나무아미타불……

구름도 다 사라진 땡볕 아래서 판수도, 악사들도 점점 지쳐가는 와중에 기세가 누그러지지 않는 이는 오직 나뿐이다. 피범벅에 몰골도 흉하겠으나 시야가 환하고 입가엔 미소까지 드리워진다. 신령 근처라도 가닿은 것처럼 몸이 가뿐하고 신명이 난다. 장단이 빨라질수록 나는 고조된다.

나무아미타불 나무아미타불 나무아미타불 나무아미타불……

30년 박수 인생에 이런 순간이 있었던가. 누구를 위해 살을 풀고, 명을 비는 것은 이제 중요치 않다. 명예도, 젊음도, 시기도, 반목도, 진짜와 가짜까지도.

가벼워진다. 모든 것에서 놓여나듯. 이제야 진짜 가짜가 된 듯.

장삼이 붉게 젖어든다. 무령을 흔든다. 잘랑거리는 무령 소리가 사방으로 퍼진다. 가볍고도 묵직하게.

땀을 뻘뻘 흘리면서도 작두에서 내려오지 않던

신애기가 아연실색하며 나가떨어진다. 그 애는 바닥에 주저앉아 휘둥그런 눈으로 나를 올려다본다. 황보와 그의 가족들도 기도를 멈추고 나를 올려본다. 할멈도 이 장관을 다 지켜보고 있겠지.

어떤가. 이제 당신도 알겠는가.

하기야 존나 흉내만 내는 놈이 무얼 알겠냐만은. 큭큭, 큭큭큭큭.

인터뷰　　　　　　　성해나×소유정

소유정 안녕하세요, 성해나 작가님. 작가님의 최근 활동을 보면 참 부지런히 쓰고 있다는 생각이 들어요. 작년 5월에 소설집『빛을 걷으면 빛』을, 올해 3월에는 장편소설『두고 온 여름』이 출간되었지요. 1년 사이에 책 두 권을 펴낸 셈인데요. 그 사이에 앤솔러지에 참여하시기도 하고, 문예지에도 꾸준히 발표를 하고 계시고요. 쓰기만으로도 참 바쁜 일상을 보내실 것 같은데요. 근황에 관한 이야기와 함께 처음 만나는 〈소설 보다〉 독자분들에게 인사 부탁드리겠습니다.

성해나 안녕하세요. 성해나입니다. 〈소설 보다〉를 통해 처음 뵙는 독자분들도 있을 것 같고, 꾸준히 소설을 따라 읽어주신 독자분들도 있을 것 같아요. 이렇게 인사드릴 수 있어 기뻐요.

유정 평론가님 말처럼 저는 올해 경장편소설을 출간하고, 지면에 단편도 발표하며 나름 부지런히 지내고 있습니다. 현재는 건축에 관한 단편을 쓰고 있고, 오래전부터 구상해온 장편도 천천히 집필하고 있어요. 몸은 축나지만, 독자분들과 지면으로 만날 일이 점점 늘기에 이 행보가 외려 감사하고 다행스러워요. 쓰는 일이 지루하고 괴롭게 느껴지지 않도록 틈틈이 체력도 단련하고 휴식도 가지며 즐겁게 쓰고 있습니다.

소유정 이 계절의 소설 선정작인 「혼모노」에 대해서 이야기해볼까요? 먼저 제목에 대한 이야기를 하지 않을 수 없을 것 같아요. 소설을 읽기 전 제목만 보고 내용을 유추해봤을 때, 왠지 오타쿠 문화나 팬덤 문화에 대한 소설일 것 같다는 생각을 했었어요. 으레 인터넷에서 '혼모노'란 '찐'과 같은 하나의 밈으로 쓰이잖아요. 상대를 약간 조롱하는 뉘앙스가 섞여서요. 이 소설에서는 신이 깃든 진짜 무당을 의미하는 것이니 엉뚱한 추측이었지만요. 그래도 혼모노와 니시모노, 진짜와 가짜가 중요 키워드가 되는 작품에서 소설의 씨앗은 역시 '혼모노'라는 단어에서부터가 아니었을까 싶은데요. 이 소설은 무엇으로부터 시작되었나요?

성해나 '혼모노'의 본뜻은 '진짜' 혹은 '장인' '전문가'라고 하더라고요. 이 긍정어가 왜 시대를 거치며 부정적으로 변질되었는지 궁금했어요. 찾아보니 넷상에서 한 대상을 조롱하기 위해 사용된 '찐'이나 '진상' 같은 야유적 언사가 이제는 혼모노의 본뜻으로 굳어진 것 같더라고요. 혼모노의 원뜻을 '찐'이나 '진상'으로 알고 있는 이들도 많고요. 그런 정보를 접하며 가짜나 거짓일지라도 다수 혹은 내가 믿으면 진실이 되어버리는 작금의 시대상을 반영하는 단어가 '혼모노' 아닐까,라는 생각을 했던 것 같아요. 무속 역시 믿지 않는 이들에게는 허위나 다름없지만, 그에 의지하는 이들에게는 신앙이 되잖아요. 어디에 초점을 두느냐에 따라 진짜도, 가짜도 될 수 있는 기현상을 소설을 통해 재현하고 싶었어요. 변질된 단어의 '진짜' 뜻을 소설을 통해 건져 올리고 싶었는데, 성공했는지는 모르겠습니다.

평소 무속에 관심이 많아 그에 관한 소설을 쓰고 싶기도 했어요. 「혼모노」를 쓸 때는 조사를 겸해 점집에도 가봤어요. 아리송한 점사가 나와 당혹스러웠지만, 이채로운 경험이었습니다.

소유정 「혼모노」에는 30년 넘게 무당으로 살아왔지만 신을 잃어버린 문수와 문수의 신 중 가장 영험했던 장수 할멈을 신으로 받은 신애기가 등장합니다. 무당이라고 하면 선입견처럼 여성의 모습이 떠오르곤 하는데, 주인공인 문수가 박수무당이라는 점이 굉장히 흥미로웠어요. 그러고 보니 작가님의 근작에서 고루하게 박혀 있던 동성 간의 대립 구도를 성별의 전환을 통해 새롭게 그리는 것 같다는 생각이 들었어요. 가령 비슷한 시기에 발표된 「잉태기」에도 시아버지와 며느리 사이의 갈등이 드러나는 것처럼요. 전통적으로 가부장제에서는 고부 갈등이 대표적이었는데 말이에요. 이처럼 사회적으로 고착화되어 있는 동성(특히 여성) 간의 갈등을 성별의 전환을 통해 다각도에서 살펴보는 시도가 새롭게 느껴지는데요. 최근 작가님의 관심사도 이와 연결되어 있다고 봐도 될까요?

성해나 사실 성별보다는 세대에 초점을 두고 두 편의 소설을 썼어요. 「혼모노」의 문수와 신애기, 「잉태기」의 구부舅婦 모두 세대가 다른 이들이고, 그 차이에서 오해나 갈등이 비롯될 거라 여겼어요.

소설에는 드러나지 않지만, 신애기는 SNS을 통해 고객을 유치하고 아이패드로 점사를 보는 무녀이고, 문수는 전화 예약 시스템을 고수하며 전통적 방식을 유지하는 박수에요. 이런 식으로 그들의 가치관 차이를 그렸던 것 같아요. 신세대와 경쟁하기 위해 보톡스를 맞고, 청바지를 입는 황보의 모습에서도 세대 갈등을 엿볼 수 있고요. 세대관의 기저에 깔린 인물의 감정과 욕망을 내밀히 들여다보고 그려내고 싶었어요. 제 관심사는 여전히 세대에 더 가깝지만, 성별 차이에서 오는 충돌을 아예 고려하지 않은 건 아네요. 「잉태기」를 구상할 때는 그 부분을 먼저 짚었어요. 여성 간의 대립이 하나의 양상으로 굳어지고 소비되는 게 못내 걸리기도 했고, 이전과 다르게 쓰고 싶기도, 약간은 비틀고 싶다는 마음도 들었거든요. 해서 고부가 아닌 구부 갈등을 그렸던 것 같아요.

소유정 「혼모노」의 화자는 박수무당 문수인데요. 작가님의 첫 소설집 『빛을 걷으면 빛』에 수록된 「OK, Boomer」를 읽으면서도 느낀 거지만, 중년 남성 화자를 참 잘 담아내시는 것 같아요. 「OK, Boomer」의 주인공은 스스로 꼰대가 아니라고 생각하는 국어 교사였는데요, 그 근거가 고작 애플워치를 사용한다거나 SNS를 이용할 줄 아는 것뿐이었지요. 이 소설에서도 문수는 자신이 진짜라고 주장하지만, 누구도 그렇게 인정하지 않지요. 이러한 인물들의 근거 없는 자신감을 거리를 두고 삼인칭의 목소리로 서술했다면 크게 와닿지는 않았을 거라 생각해요. 그것이 '나'의 자발적인 발화이기 때문에 독자로 하여금 인물에 대해서 생각해보게 하는 효과가 큰 것 같아요. 이 인물을 우스꽝스럽게 여기든, 공경의 마음으로 연민을 갖든, 어느 방향으로든지요. 이렇게 남성 화자를 내세우는 소설을 쓸 때 주의하는 것이 있을까요?

성해나 어떤 인물을 그릴 때든 비슷하지만, 적절한 거리 두기를 하려 해요. 깊이 알지 못하는 인물을 담아낼 때는 편견부터 가지고 시작하는 경우가 많은데, 그때마다 마음을 잘 다스리려 합니다.

'연령이나 성별에 구애받지 말고 그저 한 명의 인간을 그려보자. 복잡다단하고 불완전하고 가끔은 속물적이지만, 한편으로는 다정하기도 섬세하기도 한 인간을.'

이런 말을 되뇌며 써요. 소설 바깥에서 제가 가장 어려워하고, 조심스럽게 대하는 연령층이 중년 남성인데, 그래서인지 더 신중히 쓰려 노력해요. 벽견이나 사사로운 감정을 섞지 않고 객관적인 시선에서 그리려고요.

집필에 몰입하다 보면 인물을 잘 알고 있다고 속단하는 경우도 생겨요. 그럴 때는 소설의 첫 장을 다시 펼쳐봐요. 내가 정말 잘 아는지, 혹여 인물을 세세히 살피지 않고 함부로 단정 짓는 건 아닌지. 너무 가깝지도, 멀지도 않은 거리에서 인물을 지켜보고 그들에게 이입하고 젖어들다 보면 자연히 애착이 생겨요. 저와 나이와 성별이 같은 인물이든, 그렇지 않은 인물이든 간에 그런 마음은 비슷하게 유지되는 것 같습니다.

소유정 이 소설에서 문수의 이야기를 따라가며 다양한 감정이 들었는데요. 일단은 안타까움이 좀 큰 것 같아요. 처음에는 '그러게 왜 욕심을 내서는? 잘 좀 하지 그랬어⋯⋯' 하는 생각이 지배적이었던 것 같은데요. 일단 이 사람은 따지고 보면 하루아침에 자기 직업을 잃은 거나 마찬가지잖아요. 무려 30년의 경력이 있는데도 말이죠. 나태했던 것도 아니고, 모시는 신에게는 치성을 드리며 장수 할멈이 싫어하는 행위는 하지도 않았어요. 그런데 신이 떠났다고 해서 단번에 '가짜'가 되어버린 현실을 믿을 수가 없었을 것 같아요. 생존의 문제뿐만 아니라 많은 걸 포기하고 무당으로 살아왔던 세월과 '나' 자신을 모조리 부정당한 기분이 아니었을까 싶어요. 소설은 신이 떠난 지 두 달 후의 시점부터 시작되고 있어서 문수의 격한 감정들이 모조리 서술되지는 않은 것 같은데요. 공백 동안의 문수는 어떤 감정이었을지, 어떤 생각을 했을지 궁금합니다. 더불어 문수를 바라보는 작가님은 어떤 마음일지도 알고 싶어요.

성해나 아무래도 제 소설이 주로 열린 결말로 끝나고, 단편의 분량 안에서 온전히 담아내지 못한 비하인드 스토리도 존재하기에 질문이 참 반갑습니다.

저는 문수가 유튜브에 박제된 자신의 영상을 매일 찾아봤을 거라 생각해요. 나날이 올라가는 조회수에 낙담하며, 신이 떠난 이유를 곱씹고 원망했을 것 같아요. 허나 이내 몹쓸 생각을 해 죄송하다며 허공에 대고 사죄했겠죠. 신이 떠난 후 매일이 '손 없는 날'이니 과음도, 폭식도 하고 향락에까지 빠져보려 하지만, 한 번도 그렇게 살아본 적이 없으니 죄책감을 느끼며 포기했을 것 같고요. 비책을 세우려 하지만 고객을 속이는 간사한 사람은 못 되기에 엉터리 점사를 내놓으면서도 한편으론 불편했을 것 같아요. 해서 사정이 딱한 고객에게는 복채를 다 받지 않고 만 원 정도는 되돌려주지 않았을까, 짐작합니다.

문수는 간혹 속된 생각도 하지만, 요행을 바라거나 잇속만 차리는 인물은 아니기에 소설을 쓰는 내내 마음이 쓰였어요. 몇몇 장면은 상당히 죄스러운 마음으로 썼던 것 같아요.

소유정 문수를 보며 짠한 마음이 들었던 건 신애기를 통해 자신의 과거를 돌아보는 장면에 있었는데요. 돈맛을 본 부모님의 압박과 착취가 심해지고, 일상 이야기를 나눌 친구가 없어 또래의 대화를 귀동냥하며 웃는 신애기의 모습 등에서 문수는 그 나이대의 "여느 평범한 이들의 삶"과 다른 길을 걸어온 자신을 떠올립니다. 그리고 그와 다르지 않은 길을 걸을 신애기를 연민하기도 하지요. 정말 장수 할멈이 저 몸으로 옮겨 갔는지에 대한 의심과 불안과는 별개로 이때 문수가 신애기에게 느끼는 감정만큼은 정말 '진짜'라고 여겨졌어요. 이런 장면들이 있어서 문수라는 인물이 더욱 입체적으로 그려진 것 같아요. 어쩌면 작가님께서 문수를 마냥 미워할 수 없는 사람으로 만든 장면이 아닐까 싶은데요. 어떻게 생각하시나요?

성해나 그 마음을 헤아려주셔서 감사해요. 저는 제가 그린 인간이 악한으로 비춰지지 않기를 바라요. 해서 소설을 쓸 때마다 늘 다짐해요. 밉다가도 좋고 사랑스러워지는 인간을 그리자.

돌이켜보면 모든 인간이 마찬가지인 것 같아요. 살아가다 보면 누군가를 이해하는 데에 실패할 때가 많고 간혹 염오할 때도 있지만, 그래도 사랑하는 마음만큼은 언제나 희미하게 남아 있더라고요. 인간에 대한 어렴풋한 애정이 저를 지탱해주는 것 같아요. 소설을 쓰는 데에도 힘이 되고요.

차마 미워할 수 없는 인간을 소설 속에 담아내고 싶어요. 문수도 마찬가지였어요. 신애기와 적대적인 관계지만, 그 저변에는 온정이나 비애 같은 인간적인 감정도 당연히 깔려 있을 거라 여겼어요. 자신과 비슷한 수순을 밟아왔고, 동질의 상처를 지닌 이에게 마냥 야멸찰 수는 없겠죠. 신애기를 향한 문수의 연민과 동감은 순도 높은 진심이라고 생각해요. 문수가 신애기를 이해하려 애쓰고, 멀찍이서 그 애처럼 음료에 기포를 만드는 장면은 인물을 사랑해보자는 다짐 덕분에 자연스럽게 쓰인 것 같아요.

소유정 장수 할멈을 비롯한 신들이 문수를 떠난 까닭에 대해서는 소설 내에서 명확히 드러나지 않지요. 사실 문수가 욕심을 부린 건 무형문화재를 염원하던 때부터 지속되어 왔던 것인데, 왜 갑자기 신이 떠났을까 하는 의문이

인터뷰

생기기도 해요. 제 나름의 답을 찾아본 건, 그 역시 장수 할멈이 그토록 중요하게 여기는 진짜와 가짜 때문인 것 같은데요. 가령, 문수가 그토록 되고 싶었던 무형문화재는 진짜의 영역에 있겠지요. 무형문화재로 인정을 받는다는 건 '진짜' 무당임을 공인받는 셈이니까요. 그렇기 때문에 네번째 시험에서 감독관에게 몰래 뒷돈을 찔러주었을 때도, 호통을 치는 것으로 넘어갈 수 있었을 거예요. 하지만, 재건축 심의를 빌미로 재수굿을 벌이는 행위에 대해서는 돈과 유명세에 대한 문수 개인만의 욕망이 너무 크기 때문에 용인할 수 없었던 게 아닐까 싶어요. 장수 할멈이 생각하는 '혼모노'란 무엇이었을까요?

성해나 '리미티드 에디션'과 비슷한 개념이라고 생각해요. 귀하고 특별한 존재. 범상과는 거리가 먼 신의 자식. 할멈이 원하는 혼모노는 그랬을 것 같아요. 문수는 한때 평범한 삶을 갈망했고, 다른 삶을 살고 다른 몸을 갖길 고대했죠. 할멈이 바라던 이상과 처음부터 어긋났던 거예요. 문수가 '진짜'가 아닌 '진짜가 되고 싶은 가짜'라는 것을 알면서도 할멈은 그의 가능성과 욕망을 믿고 죽 곁에 있었다고 생각해요. 하지만 그가 노쇠해지고 해이해지자 언질도 없이 바로 떠나버렸죠. 다른 신들과 함께요. 더 젊고 강한 육체, 장인이 될 집념을 가진 무당을 찾다 신애기에게 옮겨 갔다 추측해요.

앞서 말했듯 세대를 염두에 두고 이 소설을 썼어요. "어리면 환대받고 늙으면 외면당해. 이 바닥이 그래"라는 대사가 일러주듯 문수의 자질이며 젊음의 총량이 다하고, 잔잔한 의리만 겨우 남은 상황에서 할멈이 떠나는 건 응당했겠죠. 순수한 야심도 이제는 야욕으로 여겨질 것 같고요. 이렇게 적으니 할멈이 비정해 보이긴 하지만요.

소유정 사실 장수 할멈보다 진짜에 집착했던 건 문수가 아니었을까 싶은데요. 보현보살이 소개해준 "오늘의 운세"를 작성하는 일은 "영양가 없는 소리를 점괘라 뭉뚱그리"는 것이라고 가짜 취급을 하지만, 사실 그가 황보 의원에게 "최대한 긍정적이고 이로운 쪽으로" 괘를 바꿔 말하는 것도 다르다고 할 수는 없을 거예요. 이후로도 "모형 작두와 칼"을 구입하고 "유튜브를 보며 접신 연습"을 하는 장면 등에서 단지 신이 떠났기 때문이 아니라, 문수 스스로가 자신이 가짜임을 증명하는 것 같았어요. 이렇게 점점 가짜가 되어가는 문수를 보면서 그가 바라왔던 진짜는 과연 무엇이었나 하는 생각이 들었는데요. 그 모든 게 다 허상 같기도 하고요. 문수가 되고 싶었던 진짜는 무엇이었을지에 대한 작가님의 생각이 궁금합니다.

성해나 문수의 고독에 대해 생각해본 적이 있어요. 너무 일찍 어른이 된 이들이 그렇듯 감내해야 할 것도, 포기한 것도 많았을 것 같아요.

문수는 오랜 기간 신에게 의존해온 사람이잖아요. 그런 삶이 익숙하고 경이로웠겠지만, 일변으론 자립하고 싶지 않았을까, 생각해요. 독자적으로 살아가고, 제 목소리를 내고, 자신의 템포로 걷고 싶었을 거예요. 표면적으로는 드러나지 않지만, 내적으로 번민도 했겠죠. 그렇게 생각해보면 그가 진정 되고 싶었던 '진짜'는 무형문화재도, 샤먼도, 절대적 존재도 아닌 그저 평범한 사람이었을 거란 생각이 들어요.

소유정 「혼모노」에서 가장 압도적인 부분은 문수와 신애기가 장수거리 맞대결을 펼치는 마지막 장면이라고 할 수 있을 텐데요. 신의 출입으로 피 한 방울 흘리지 않고 작두를 타는 신애기와 달리 피칠갑이 되어 작두를 타면서도 멈추지 않는 '나'의 모습은 정말 광기 그 자체였습니다. 이 장면에서 문수를 보며 섣불리 가짜라고 말할 수 없는 까닭은 그가 "신접 흉내"가 아닌 "온몸의 털이 바짝 솟을 만큼 송연한 감각"을 느끼며 작두춤을 추고 있기 때문일 거예요. 게다가 할멈이 신애기를 통해 '나'에게 했던 말을 그대로 돌려주는 것에서 문수는 신의 여부를 떠나서 다른 의미의 '혼모노'가 되었다고 느꼈어요. 광기의 굿판을 벌이는 마지막 장면에 대해서도 남은 이야기가 있다면 조금 더 들려주실 수 있을까요?

성해나 고루해지거나 젊음을 잃으면 외면받는 판에서 격렬한 푸닥거리를 펼치는 '진짜보다 더 진짜 같은 가짜'를 그리고 싶었어요. 명예, 젊음, 시기, 반목, 가짜와 진짜 같은 예속을 다 집어던진 채 비로소 평온해지고 자유로워지는 인물을요.

마지막 장면을 쓸 때는 저 역시 가벼워지는 것 같았어요. LIM KIM의 「민족요」와 장면의 주축이 되는 「만조상해원경」을 반복해 들으며 신들린 듯 써 내려간 장면이에요. 결말을 쓸 때는 늘 주춤대고 쓰는 속도가 현저히 느려지는데, 「혼모노」는 달랐어요. 정동으로 착각하고 휘갈기듯 쓴 건 아닐까 싶어

후에 촘촘히 고쳤습니다.

진짜보다 더 진짜 같은 가짜를 담고자 했지만, 사실 그건 중요치 않다고 생각해요. 누군가에게는 신애기보다 문수가 더 진짜처럼 느껴질 수도 있을 것 같고요. 그가 흘리는 피, 생생히 느끼는 아픔, 광기 어린 작두춤, 기세…… 그런 것들은 신이라는 필터를 거쳐 나온 굴절된 의식이 아닌 온전히 그 자신만이 겪고 느끼는 날것 그대로의 고통이니까요.

소유정 진짜와 가짜에 대해 생각하게 되는 소설이었던 만큼 마지막 질문 역시 이렇게 여쭈어야 할 것 같아요. 작가님께서 소설로써 쓰고 싶은 '진짜'가 있다면 무엇인가요?

성해나 야마다 요지의 영화 「황혼의 사무라이」를 보며 감응을 받은 장면이 있어요. 「혼모노」를 쓸 때 영향을 받은 장면이기도 해요. 영화 속에서 주인공이 친구와 플라이 낚시를 하는데요. 주인공만 연달아 물고기를 낚자 친구가 "같은 미끼를 쓰는데, 왜 자네 것만 무냐"고 물어요. 그러자 주인공이 답해요. "낚고 싶은 마음이 커서 그래. 물고기도 그걸 느끼지. 어깨에 힘 좀 빼봐."

욕망을 추동해 글을 쓴 적이 있어요. 그때는 더 잘 쓰고 싶어서, 고유한 인장을 지니고 싶어서, 인정받고 싶어서 조급하게 썼던 것 같아요. 쓰면서도 그게 못내 부끄럽고 가짜처럼 느껴졌어요. 읽는 이들도 그걸 느꼈을 거라 생각해요.

욕망이 완전히 사라졌다고 말할 수는 없지만, 시간이 지난 지금은 그것을 부드럽게 끌어안고 조금씩 힘을 빼며 쓰려 해요. 회피하고 밀쳐냈던 나의 이면까지 수긍하고 가만히 응시하면서요.

한때는 문학을 외사랑하고 있다고 여겼는데, 지금은 조금씩 마주 보고 있다는 기분이 들어요. 더 살아가고 더 쓰다 보면 또 달라지겠죠. 진심을 품은 채 열렬히 쓰고 싶어요. 부끄러움, 슬픔, 두려움, 후회 같은 진술한 마음까지 전부 녹여내면서요. 고유한 인장이란 삶이 흘러감에 따라 문학 속에 자연스럽게 새겨지는 것 같아요. 이제야 조금씩 알아가고 있어요. 온전히 알기 위해선 더 부지런히 써야겠죠.

인터뷰

우리는 계절마다

예소연

2021년『현대문학』을 통해 작품 활동을 시작했다.
장편소설『고양이와 사막의 자매들』이 있다.

중학교 2학년 무더운 여름 무렵, 미정이 돌아왔다. 미정은 나와 초등학교를 함께 다니던 친구였는데, 언젠가 훌쩍 이사를 가버리곤 연락 한 번 해오지 않은 친구였다. 나는 인사를 하기 위해 교탁에 서 있는 미정이를 보면서 정말 많은 것이 변했다는 걸 실감했다. 미정이는 몰라볼 정도로 말라 있었다. 그리고 새까맣고 커다란 렌즈를 낀 채 앞머리를 한껏 부풀린 모양을 하고 있었다. 다른 반 아이들도 우리 반 창문을 기웃대며 미정이를 구경했다. 초등학교 때 우리는 엄마들이 입혀주는 얇은 민소매 티셔츠에 조리만 신고 다녔다. 그런데 지금 우리는, 같은 교복을 입었는데도 전혀 다른 그룹에 속한 아이들처럼 보였다.

　나와 미정의 눈이 마주쳤다. 미정이가 나를 보고 손을 흔들었다. 안녕, 희조. 그러자 모두의 이목이 나에게 집중됐다. 당시 나는 반에서 조용한 대신 꽤나 공부를 잘하는 아이였다. 그건 내가 그렇게나 큰 관심을 받을 만한 아이가 아니라는 뜻이기도 했다. 중학교 2학년 아이들은 정말 갓 허물을 벗어던진 생명체처럼 발칙하게 날뛰었다. 그러면서도 몇 가지의 꿈을 소중히 품고 있었는데, 연예인이 된다든가, 선생님이 된다든가, 하는 직업적 목표가 대부분이었다. 나는 내심 그런 꿈들이 몹시 볼품없다고 느꼈지만, 겉으로는 내색하지 않았다. 시험이 끝나면 아이들은 무리를 지어서 내게 몰려왔다. 그러고는 답안지를 맞춰보았다. 애들은 점수를 알면 꼭 꿈의 실체를 알 수 있을 것처럼 굴었다. 그럴 때는 애들이 퍽 귀엽게 느껴지기도 했다. 어쨌든 시험 기간은 내가 이 학교에서 주도권을 잡을 수 있는 몇 안 되는 순간이었다. 나는 색다른 이벤트 같은 그런 상황이 썩 마음에 들었고 그들이 계속 내게 몰려들 수 있도록 열심히 공부했다. 대충해도 어느 정도는 좋은 성적을 받을 수 있었다.

　누군가 그게 단순히 그런 이유 때문이냐고 묻는

다면, 나는 그때 그것이 정말 단순한 문제가 아니었음을 말해주고 싶다. 어쨌든 미정이가 돌아온 이후로 나에게는 또 하나의 목표가 생겼다. 다시 미정과 친해지는 것. 그런데 문제는, 첫인상 그대로 우리의 노는 그룹이 전혀 달랐다는 것이다. 미정은 전학 오기 전 학교에서부터 예쁘기로 소문난 아이였다. 선생님은 내가 미정과 아는 사이라는 이유로 짝을 지어주었지만, 미정은 수업 시간이 아니면 거의 나와 같이 있지 않았다. 마치 나를 본 순간부터 나의 주제를 파악했다는 듯이 굴었다.

미정은 쉬는 시간마다 화장실 라디에이터에 앉아 고데기를 하는 애들과 어울렸으며 손가락에서 은은한 담배 냄새가 나는 남자애들과 시시덕거렸다. 미정의 무리는 스스럼없이 다른 남자애들의 엉덩이를 걷어차곤 했는데, 미정은 그걸 보고 곧잘 낄낄거렸다. 나는 미정에게 쉽사리 말을 걸 수는 없었지만, 어떻게든 다가가야만 한다고 생각했다. 그러니까, 나는 미정에게 물어볼 것이 많았다.

"내가 죽기를 기도하는 사람은 전부 죽어. 그리고 나는 내게 세 번의 기회가 있다고 확신해."

초등학교 시절 미정이 그렇게 말했을 때, 나는 단

단했던 내 삶의 지반이 아주 무력하게 흔들릴 수 있다는 것을 실감했다. 그리고 미정의 그런 확신은 나에게 기묘한 힘을 주었다. 어쩌면 진짜 우리가 세계의 아주 중요한 구성원일지도 모른다는 생각, 그것에서부터 나오는 힘이었다. 기도로 사람을 죽이는 존재는 흔치 않으니까. 그런 존재를 알고 있는 존재조차도. 마음만 같아서는 당장 미정이를 불러내어 다그치고 싶었다. 너에게 그 힘이 정말 존재했느냐고, 그래서 네 아버지가 돌아가신 거냐고.

하지만 나는 더는 미숙한 어린아이가 아니고, 미정 또한 그때의 미정이 아니었으며 우린 어느 정도 거리를 둔 채 서로를 질투하고 건너보고 동경하는 청소년이 되어버렸다. 그러기 때문에 나는 기다리기로 했다. 미정이 스스로 나에게 다가오기까지. 그러던 어느 날, 미정은 내게 정말로 '그때'의 일을 물어왔다.

"내가 말한 세 번의 은총을 기억해?"

*

나와 미정의 집은 IMF 때 같이 망했지만, 이제는 신세가 좀 달랐다. 우리 집은 그 이후로도 여전히 가난했지만 미정의 집은 어머니가 주거 밀집 지역에 BYC 매장을 차리면서 사정이 나아졌다. 시장과 가까운 곳에 위치한 매장에는 보정 속옷과 스타킹뿐만 아니라 차렵이불과 아기용품, 어디서 구해 왔는지 모를 중고 사전까지 팔았다. 동네 아주머니들은 리본 달린 순면 팬티를 사기 위해 방문했다가 미정 엄마의 성화에 못 이겨 딸랑이에 옥편까지 사고 나서야 가게를 나설 수 있었다. 그런 말을 내게 잘도 풀어놓는 미정의 분위기는 여태까지와 사뭇 달랐다. 나는 역시 미정이 나를 특별하게 생각한다고 믿었는데, 지금 생각해보면 그것 또한 미정의 의도였던 것 같다.

그날은 유례없는 폭염이었다. 엄마들은 꽁꽁 얼린 손수건과 물병 따위를 아이들에게 쥐여주었다. 나는 엄마가 준 축축한 분홍색 손수건을 매고 있었다. 하지만 미정은 땀을 뻘뻘 흘리면서도 보통의 날처럼 교복을 예쁘게 차려입고 있었다. 다만 땀에 푹 젖은 셔츠 때문에 까만색 브래지어가 그대로 비쳐 보였다. 안 그래도 숨이 막힐 정도로 줄인 셔츠만 고집하던 미정이었다. 고급스러운 갈색 롱샴 백팩을 멘 채 꽉 끼는 셔츠와 치마에 커피색 스타킹을 신은 미정이 걷는 모습은 뒤뚱거리는 오리처럼 보였다. 나는 치마폭이

좁아 쫑쫑거리며 걷는 미정을 애써 무시하며 내가 해
야 할 말을 조심스럽게 골라 던졌다.

"그때 일은 유감이야."

"무슨 일을 말하는 거야?"

미정은 모른 척하고 있었다. 내가 맞히고 싶은 과
녁을 의도적으로 피하는 것이었다. 네가 아버지를 죽
이고 싶다고 말한 뒤에 정말 네 아버지가 아파트에서
떨어져 죽었잖아. 너도 그 사실을 알고 있지 않니? 나
는 하고 싶은 말들을 속에 꾹꾹 담은 채로 나직이 말
했다.

"우리는 루를 봐야 해."

그러자 미정의 얼굴에 화색이 돌았다. 루는 초등
학교 시절 나와 미정이 등하교를 하며 지나가던 뒷산
에 있는 청설모였다. 우리는 각고의 노력 끝에 루를
길들였고 아몬드 따위를 건네며 시간을 보내곤 했다.
그래, 그곳에 가자. 미정이 대답했다. 하지만, 아무도
우리를 보지 않을 때. 밤에 말이야. 그렇게 속삭이는
미정은 꼭 누군가에게 쫓기는 사람 같았다. 나는 미
정에게 물었다.

"나랑 같이 있는 거, 쪽팔려?"

"응, 조금."

예소연

나는 코를 쥐어 땀을 훔쳤다. 그때의 또래 집단은 그랬다. 지독한 슬픔이나 고통 따위는 내색하지 않았지만, 너무도 쉽게 자신을 혹은 상대방을 우스꽝스럽게 만들곤 했다. 그것은 내가 또래 아이들에게서 견디기 힘든 것 중 하나였다. 그 이상한 낙차. 나는 그들이 집에 가서 베개에 얼굴을 묻고 엉엉 우는 상상을 하곤 했다. 그러면 마음이 좀 나아졌다. 나는 미정에게 그렇다면 언젠가 선선한 밤에 루를 보러 가자고 제안했다. 루가 아기를 낳았다고, 나는 네가 없는 동안 루와 루의 아기를 정성껏 돌보았다고. 그러자 미정이 내 손을 덥석 잡더니 나에게 고맙다고 말했다. 나는 끈끈한 미정의 손을 잡고 웃었다. 그 마음이 진심처럼 느껴졌기에. 그래서 문득 고백하고 싶어졌다.

"거기에 네 아버지를 위한 봉분이 있어. 내가 스스로 만든 것."

그러자 미정의 하얀 얼굴이 끔찍하게 일그러졌다.

*

그날부터 시작이었다. 사소하고 불쾌한 괴롭힘이. 그러니까 뭐랄까, 크게 체감되지는 않았지만 무언가 거슬리는 일들이 단발적으로 발생했던 것이다. 일단 미정과 어울리던 남자애들이 나를 보며 쑥덕거리기 시작했다. 마치 들으라는 듯이 그러나 꽤 작은 목소리로. 걸레. 나는 분명 그 단어를 그들로부터 듣고야 말았다. 한번은 이런 일도 있었다. 특별활동 시간에는 통상 동아리 활동을 하기 마련이었는데, 그날 따라 선생님은 우리를 불러놓고 영상 하나를 보여주겠다고 했다. 자, 오늘은 성교육 시간이다. 그러자 애들이 환호했고 선생님은 멋쩍은 표정을 지었다. 나는 사실 선생님이 멋쩍은 표정을 지을 때부터 일이 심상찮게 돌아가리라는 걸 어렴풋이 예감하고 있었다. 그래서 그랬다. 주의를 돌리기 위해. 영상을 보다 말고 잠깐 물을 마시기 위해 교실 뒤 정수기로 향했다. 물병에 물을 받고 잠시 사물함 뒤에 서서 영상을 보았다. 성기 모형에 콘돔을 끼우고 있는 장면이 나오고 있었다. 나는 그 작은 고무가 모형에 씌워지는 모습을 가만히 보고 있었다. 꼭 다 큰 어른이 기이한 인형놀이를 하는 것처럼 느껴졌다.

그때 현태규가 다가온 것이었다. 살금살금 걸어온 현태규가 갑작스럽게 내 양쪽 어깨를 꽉 쥐고는 앞뒤로 움직였다. 꼭 그 짓거리를 하는 것처럼. 그러고는 무력하게 흔들리는 내 고개를 보며 자기 무리와 함께 킬킬 웃었다. 나는 지금까지도 섹스를 섹스라고 하지 않고 그 짓거리라고 부르는데, 그건 선생님이 그 순간 그렇게 말해서였다. 그 짓거리 그만해라! 그러니까 그 선생님에게 문제는 현태규가 나에게 그런 일을 했다는 게 아니었다. '그 짓거리'를 했다는 것이었다. 나는 아무렇지 않은 척 자리에 가서 앉았다. 그리고 공책을 펴서 갈래머리 공주 그림을 그렸다. 현태규 무리는 다시 삼삼오오 환호하며 온통 '그 짓거리'에 대한 이야기뿐인 성교육 영상을 감상했다.

나중에 알게 된 사실인데, 현태규는 미정의 애인이었다. 현태규와 미정이 사귄 지 22일째 되는 날 알았다. 그들이 '투투'라며 돈을 걸었기 때문이었다. 나는 마지못해 2천2백 원을 내밀면서 미정에게 어떻게든 말을 걸어보려 했다. 축하해. 그러자 미정은 새침하게 고마워,라고 한마디 하고는 맨 뒷자리로 돌아가 버렸다. 그러더니, 잠시 뒤 윤다혜를 내 앞에 데려왔다. 윤다혜는 앞머리를 이마 끝까지 짧게 자르고 빨간 뿔테 안경을 쓴 아이였다.

"너 그거 알아? 얘가 너 걸레라고 소문내고 다녀."

미정이 눈을 동그랗게 뜨고 말했다. 나는 입을 꾹

다물고 맥없이 고개를 저었다. 그러자 미정이 내게 얼굴을 들이밀었다. 안 빠져? 안 빠져? 그 시절, 일진에게 저항할 수 없는 아이들의 난제는 그것이었다. 어떤 대답을 해도 그들 마음에 들지 않을 거라는 사실을 알고 있는 채로 대답을 하는 것. 머리가 점점 새하얘지기 시작했다. 할 수만 있다면 미정에게 사과하고 싶었는데, 미정은 그것을 원하지 않는 것 같았다. 미정은 그저 내게 지독해지고 싶어 하는 사람처럼 굴었다.

"……빠져."

"그럼 맞짱 떠."

나와 윤다혜의 눈이 마주쳤다. 윤다혜도 슬금슬금 미정의 눈치를 보기 시작하는 게 보였지만, 아무렇지 않은 척 껌을 씹을 뿐이었다. 나는 어쩐지 미정의 그런 모습에 기가 질리기보다는, 화가 났다. 지금 생각해보면 나는 그런 행동에 쉽게 화가 났다. 서로의 사이에 부려놓은 것이 몹시 많음에도 불구하고 그것을 모른 척하는 사람들 특유의 행동. 그러니까 우리는 최대한 여러 방식으로 관계를 맺을 수도, 끊을 수도, 이어갈 수도 있는데 꼭 자신에게 주어진 방식은 하나뿐인 것처럼 구는 사람들에게 화가 났다. 왜냐하면, 그 상황에서 가장 배제되고 소외되는 존재는

나 자신이라는 걸 너무도 잘 알기 때문에. 그래서 그
랬다. 분명 홧김이었지만, 내가 이 말을 뱉은 뒤로부
터 상황은 돌이킬 수 없게 되어버렸다.

"윤다혜, 이 씨발년아."

*

윤다혜와 나는 방과 후에 맞짱을 뜨기로 했다. 초
등학교 때 미정과 함께 등교하며 지나다녔던 바로 그
뒷산 공터에서. 평소 같으면 루와 루의 아기를 떠올
렸을 테지만, 그럴 정신이 없었다. 나는 수업 시간 내
내 가슴을 졸이면서 시간을 보낼 수밖에 없었다. 슬
쩍 윤다혜의 자리를 쳐다봤는데, 윤다혜도 부산스럽
게 다리를 떨고 있었다. 미정과 현태규 무리가 뒤에
서 낄낄거리는 소리가 들렸지만 모른 척했다. 나는
이 상황을 어떻게든 피하고 싶었지만, 결코 피할 수
없다는 걸 알았다.

나는 지금도 인생이 적당한 시점에서 최악의 결
말로 끝나버릴 거라는 염세적인 기분이 종종 들곤 한
다. 하지만 최악의 결말은 존재하지 않고, 늘 최악의
순간만이 존재할 뿐이었다. 이제 와서 생각건대, 그

감각은 세계가 이루 말할 수 없는 불가해한 상황으로 구성되고, 나는 속절없이 휘말릴 뿐이라는 것을 그 시절에 이미 알아차렸기 때문이다. 나는 생각지도 못한 상황에서 걸레가 되고 그 짓거리 하는 년이 되고 씨발년이 된다. 그건 내 의도도 누구의 의도도 아니다. 세계가 그렇게 나를 그 범주에 포함시키는 것이다.

나는 종례가 끝나고 미정과 현태규, 윤다혜 그리고 나머지 무리와 함께 공터로 갔다. 나와 미정이 늘 함께 오르던 그곳으로. 미정은 일부러 그런 건지는 모르겠지만, 정확히 루와 루의 아기를 만나던 곳으로 향했다. 나는 그곳에 있을 미정 아빠의 봉분을 떠올렸다. 밑에 파묻힌 건 연필 한 자루. 나는 초등학교 때 다른 친구들과 분신사바를 했고 미정 아빠를 불러냈다. 그건 애도를 위한 방식이었다. 그때는 그렇게 생각했다. 하지만 산을 오르는 그 순간, 내가 정말로 미정에게 잘못했다는 것을 깨달아버렸다. 그러니까, 그래서는 안 되는 것이었다.

내가 미정의 집에서 잤을 때, 미정은 깊은 밤이랍시고 내게 많은 것을 잘도 털어놓았다. 그러니까 아빠의 불륜과 가난 같은 것들을. 나는 그것을 전부 다 들었는데도 왜…… 그건 애도가 아니었다. 나는 내 나름대로 허영투성이 의식을 치르고 싶었던 것이었다. 미정은 아빠를 용서하지 않았다. 아빠의 죽음은 미정에게 분노만 더할 뿐이었을 것이다. 나는 미정에게 진심 어린 사과를 하고 싶었다. 그러려면…… 정말 맞짱을 떠야 한다고 생각했다. 그게 미정이 원하는 것일 테니까. 윤다혜가 내 머리채를 휘어잡고 뺨을 때리고 배를 걷어차는 그 순간을 보고 싶어 하는 것일 테니까.

"자, 방식은 원펀치야. 돌아가면서 뺨을 때리다가, 슬슬 몸이 풀리는 쪽이 먼저 시작하는 거야. 누가 먼저 할래?"

현태규와 미정, 아이들은 나와 윤다혜를 빙 둘러싸고 자리에 앉았다. 침묵이 찾아왔다. 그들은 나와 윤다혜만큼 긴장하고 있었다. 그러니까 폭력은 확실한 힘을 가지고 있다. 좌중을 압도하는 거센 힘을. 그 당시 우리에게는 그 폭력의 의미 따위는 전혀 중요하지 않았다. 나와 윤다혜는 선 채로 서로를 노려봤다. 누구도 원하지 않지만 해야 하는 싸움이었다. 세상에는 그런 싸움도 있는 법이다.

시작은 내가 먼저 했다. 온 힘을 실어 윤다혜의 뺨을 때렸다. 그러자 윤다혜도 바로 내 뺨을 때렸다.

우리는 서로의 머리채를 잡았고 손톱으로 뒷목을 긁었으며 함께 주저앉았다. 아이들은 숨소리조차 내지 않았다. 정말이지, 조용한 싸움이었다. 간간이 신음만이 들려오는 이상한 싸움. 그도 그럴 것이 우리는 싸울 줄을 몰랐다. 그저 머리채만 잡으면 다라고 생각했다. 나는 싸우면서 점점 윤다혜에게 화가 나는 나 자신을 느꼈다. 나의 의지가 아니라는 것을 아는데도 불구하고 상대에게 분노하게 되었다. 결국, 다리를 뻗어 윤다혜의 복부를 있는 힘껏, 세게 찼다. 그러자 윤다혜가 뒤로 크게 넘어졌다. 그러고선 울음을 터뜨렸다.

윤다혜가 훌쩍거리자 먼저 웃은 것은 현태규였다. 나는 입을 커다랗게 벌리고 와하하 웃음을 터뜨리는 그 새끼를 절대로 잊지 않겠다고 다짐했다. 아이들은 나를 향해 박수했고 나는 숨을 헐떡거리면서 끝까지 현태규를 노려보았다. 그러자 현태규가 내게 다가왔다.

"정신 났나?"

그러자 미정이 현태규를 저지했다. 그리고 절제되고 위엄이 서린 목소리로 애들을 둘러보며 말했다.

"다 내려가."

아이들은 정말로 다 내려갔다. 순식간에. 공터에는 나와 미정만 남아 있었다. 윤다혜는 몇 안 남은 친구의 부축을 받아 절뚝거리면서 내려갔다. 윤다혜가 우는 소리가 점점 멀어져갔다. 공터에는 나와 미정만 남았다. 모두가 떠나고 난 뒤 미정은 나를 바라보며 물었다. 어디 있어? 내가 모르겠다는 듯 고개를 젓자 짜증 섞인 어조로 다시 한번 물었다. 그 봉분 말이야. 그제야 눈물이 나왔다. 나는 훌쩍거리며 봉분이 있을 장소로 천천히 올라갔다. 신기하게도 그곳에는 여전히 작은 봉분이 남아 있었다. 미정은 내가 가리킨 그 봉분을 가만히 내려다보다가 짓이겼다. 한참을 그렇게 짓밟다가 씩씩거리며 내게 말했다. 너도 해. 나는 미정을 따라 그 봉분을 처참히 짓밟았다. 봉분을 부수면 무언가가 아예 사라지기라도 할 것처럼. 한참을 그렇게 흙더미를 밟고 부수고 나서야, 미정은 웃었다. 나도 미정을 따라 웃었다.

*

집으로 돌아가니 엄마는 밥을 차리고 있었고 아빠는 소파에 누워 TV를 보고 있었다. 최대한 조용히 들어가려고 했는데, 엄마가 그날따라 현관에 나와 직접 나를 맞았고 이내 엉망이 된 내 얼굴을 보고 깜짝 놀라 소리를 질렀다. 아빠가 달려왔다. 무슨 일이니? 나는 아무 말도 하지 않고 방으로 들어갔다. 가방을 내려놓고 침대에 누웠다. 누운 채 머리에 손을 넣어보았는데 머리카락이 한 움큼 빠져나왔다. 힘도 좋네. 나는 눈을 감고 윤다혜를 떠올리며 중얼거렸다. 문득 치마 주머니에서 진동이 울렸다.

　—주말에 같이 놀자.

　미정의 문자였다. 이제 윤다혜는 다신 그 무리와 어울리지 못할 것이었다. 그리고 미정은, 내게 기회를 주었다. 나는 그것을 바로 알아차릴 수 있었다. 정말 이상하게도 그 순간 나는 깊은 안도감을 느꼈다. 노크 소리가 들렸다. 대답하지 않았다. 노크 소리는 지겹도록 이어졌다. 나는 참지 못하고 문을 벌컥 열어버렸다. 엄마가 서 있었다. 밥 먹어. 그렇게만 말하고 엄마는 돌아갔다. 나는 고민하다가, 결국 식탁 앞에 앉았다. 나와 엄마는 아빠가 먹기 전까지 숟가락을 들지 않았다. 이따금 아빠는 일부러 꾸물거리곤 했는데, 자신의 권위를 확인하려는 것이었다. 나는 그것이 미운 나머지 견딜 수가 없었다. 아빠는 가족과 떨어지기 싫다는 이유로 대구에서 다니던 직장을 때려치웠고 지금은 이렇다 할 직업이 없었다.

"희조야, 우리는 네 가족이야."

"네."

"그 말이 무슨 뜻인 줄 아니?"

"뭔데요?"

"아주 안전하단 뜻이지."

그러니까 우리에게는 터놓고 말해도 돼. 엄마가 부드러운 목소리로 말했다. 나는 묵묵히 밥만 먹었다. 아빠가 큰 소리를 내며 젓가락을 내려놓았지만, 시선을 주지 않고 모르는 척했다. 나는 초등학교 때 아빠가 컴퓨터를 부순 이후로 아빠에게 말을 걸지 않았다. 내가 새벽까지 게임만 한다는 이유에서였다. 그렇게 아빠가 교육의 일종이랍시고 하는 모든 일이 내게는 단순한 화풀이로밖에 보이지 않았다.

"괜찮아, 희조야. 우리잖아."

일단, 엄마가 말하는 '우리'가 도대체 어떤 우리를 뜻하는지 알 수 없었다. 나에게 '우리'인 이들은 그러니까, 그들, 인위적인 울타리에 둘러싸인 채 이제 막 허물을 벗어던지고 날뛰는 동급생들이었다. 참 이상했다. 나는 그들을 그렇게나 무시했으면서도 어떻게든 그들과 '우리'가 되기 위해 애를 썼던 것이다. 그런 생각을 하니 문득 나 자신이 서글프게 느껴졌다. 그 순간 아빠가 최대한 밝은 목소리로 내게 말했다.

"곧 동생이 생길 거란다."

나는 도대체 무슨 소리를 들은 건지 한참이나 고민했다. 그리고 깨달았다. 얼마 전부터 엄마는 종종 헛구역질을 하고 머리가 아프다고 했다. 엄마는, 아이를 가진 것이다. 그러니까, 임신이라고 불리는 그것을, 한 것이다. 맹세코 말하건대, 나는 정말로, 정말로 모든 것을 잊어버릴 정도로 화가 났다. 누군가 내게 가족이라는 존재를 언제 처음 실감했느냐고 묻는다면, 나는 주저하지 않고 바로 그 순간에 대해서 말할 것이다. 아무도 말해주지 않았지만, 나는 동생이 생긴다는 것의 의미를 이미 알고 있었다. 그러니까, 가족이 하나 더 생긴다는 건 식구가 는다는 거고, 식구가 는다는 건 더 깊고 깊은 가난의 늪으로 빠지게 된다는 거다. 나의 부모는 무슨 생각으로 내가 기뻐하기를 바랐던 걸까?

"⋯⋯나, 너무 지쳐요."

아빠는 그 말을 듣고 멍하니 나를 바라보았다. 엄마는 큰 실수를 저질렀다는 걸 깨달은 사람처럼 입

예소연

을 틀어막았다. 그리고 그제야 내게 질문다운 질문을
했다.

"너…… 왕따 같은 건 아니지?"

눈물이 흘렀다. 눈물이 너무 많이 흘러서 내 상황
을 설명할 수조차 없었다. 아빠가 그런 내 어깨를 붙
잡고 얼른 설명해보라며 소리쳤다. 하지만 지금 내
상황을 어디서부터 어떻게 설명할 수 있단 말인가?
나는 아무 말도 하지 않고 조용히 자리에서 일어났
다. 그렇게 식사는 끝났고, 나는 방으로 들어가 나오
지 않았다.

*

미정은 토요일 저녁에 나를 자신의 집으로 초대
했다. 미정과 멀어지기 전에 나는 곧잘 미정의 집에
놀러가곤 했는데, 그때와는 사뭇 다른 느낌이라 잔뜩
긴장한 상태였다. 나는 엄마가 친구 집에 놀러갈 때
처럼 시장에서 참외 한 봉지를 사 가지고 갔다. 미정
이 사는 곳은 오래된 복도식 아파트였는데 들어가 보
니 내부는 꽤 깔끔했다. 나는 사실 또다시 복도식 아
파트에서 살기로 한 미정의 엄마가 잘 이해가 가지

않았다. 미정의 아빠가 바로 이런 복도식 아파트에서 떨어져 죽지 않았던가.

내가 기억하는 미정의 엄마는 딱 갖출 것만 갖춘 전형적인 젊은 엄마의 모습이었다. 그런데, 불과 몇 년이 지난 뒤의 미정 엄마는 전혀 다른 사람처럼 보였다. 흑단 같은 긴 머리를 땋아 오른쪽 어깨에 내렸고 검은색 드레스를 입고 있었다. 레이스가 풍성하게 달린 옷이었는데, 조금 부담스럽게 느껴질 정도였다. 게다가 진한 색조 화장까지 더한 미정의 엄마는 초등학교 때 내 머리를 묶어주고 김치볶음밥을 해주던 그 사람과는 완전히 다른 사람이었다.

"알지? 우리 엄마."

미정이 제 엄마의 팔짱을 끼며 발랄한 목소리로 말했다.

"안녕하세요."

나는 어정쩡한 자세로 미정 엄마에게 참외 봉지를 내밀었다. 그러자 미정 엄마는 뭘 이런 걸 사 오냐며 내 머리를 쓰다듬어주었다. 그러고는 참외를 깎아주겠다며 나를 소파에 앉히곤 부엌으로 향했다.

"우리 집 어때?"

나는 서둘러 집 내부를 두리번거리며 말할 거리

예소연

를 찾았다.

"고풍스러워."

그건 사실이었다. 그때와는 딴판이 된 미정 엄마처럼 집 내부도 마찬가지였다. 그때 미정이 살던 집은 내가 살던 집과 별 다를 바 없는 평범한 모습이었는데 지금은 전혀 달랐다. 나는 거대한 갈색 가죽 소파에 앉아 가구들을 유심히 들여다보았다. 나무로 된 가구들은 광택제를 얼마나 발랐는지 몹시 반들거렸다. 가운데 TV를 올리고 우뚝 서 있는 앤티크한 장식장, 거실과 부엌 사이에 놓인 커다란 대리석 식탁. 화려한 장식의 뻐꾸기시계까지.

확실한 건, 지금의 취향이 좀더 미정 엄마의 취향이라는 거겠지. 나는 그렇게 생각하며 멍하니 장식장 속 이국적인 모습의 인형들을 바라보았다. 미정은 내 옆에 앉아 초등학교 때 함께했던 일들에 대해 이러쿵저러쿵 떠들었는데, 그 모습이 약간 들떠 보였다.

"우리 햄스터 훔친 거 기억나?"

"기억나지."

"내가 팬티 속에 햄스터를 넣었잖아. 그런 다음 같이 마트를 나섰지."

"그리고 화단에 햄스터를 풀어줬고."

"그걸 네가 뭐라고 했더라."

"기억 안 나."

나는 사실 그때 내가 했던 말을 기억하고 있었다. 하지만 기억나지 않는 척했다. 그런 말을 했던 나 자신이 부끄러워서. 그때의 내 모습은 혼자만 기억하고 싶어서. 그러니까, 내가 미정에게 했던 말은…… 해방, 해방이었다. 초등학교 시절의 나는 마트에 있는 햄스터를 훔쳐서 아파트 화단에 풀어주는 것을 해방이라고 여겼던 것이다. 하지만 이제 나는 그것이 결코 해방이 아님을 알고 있었다. 그것은 내던져짐 그 자체였다.

미정 엄마는 참외를 예쁘게도 깎아 왔다. 나는 씨를 걷어낸 참외를 먹으면서 아주 달라진 미정 엄마의 모습을 훔끗거렸다. 그러다 미정 엄마와 눈이 마주쳤다.

"많이 예뻐졌네."

그렇게 말하는 미정 엄마의 목소리는 한껏 꾸며낸 듯했다. 우아한 분위기를 풍기기 위해 노력하는 목소리였다. 나는 그런 미정 엄마의 모습이 문득 불쾌하게 느껴졌다. 그래도 누군가의 엄마인데. 이런 식이면 안 되지 않나? 그런 마음이 들어서. 나의 엄마를 떠올렸다. 언제나 힘없는 목소리로 나를 반기는 그 태도. 엄마도 괜히 그러는 게 아닐 것이었다. 나름대로 책임과 의무가 있으니까. 그래, 책임과 의무. 나는 속으로 두 단어를 중얼거려보았다. 그러자 미정 엄마가 어딘가 단단히 잘못되었다는 확신이 불쑥 솟아올랐다. 그래서 그랬다. 나는 미정 엄마가 절대로 가질 수 없는 것에 대해 이야기 하고 싶은 충동이 일었다.

"우리 엄마는 임신했어요."

그때 나는 아주 자랑스럽게, 그런 말을 잘도 내뱉었다. 그리고 미정 엄마를 바라보며 무언가 느끼는 게 있기를 바랐다. 그런데 미정 엄마는 지극히 무구한 표정으로 나를 향해 미소 지으며 말했다. 축하한다. 그러자 미정이도 박수까지 치며 환호했다. 파티 하자, 파티. 동생이 생기는 걸 기념하는 거야. 나는 동생이 생김으로 인해 내 인생이 완전히 뒤바뀌게 될거라는 걸 다시 한번 실감했다. 미정 엄마는 내게 먹고 싶은 게 있느냐고 물었다. 나는 참외 한 쪽을 포크로 집으며 일말의 고민도 없이 대답했다.

"스위트콘을 잔뜩 넣은 김치볶음밥이요."

미정 엄마는 우리를 위한 요리를 뚝딱 만들어서

식탁 위에 차려주었다. 초등학교 때부터 줄곧 해주던 김치볶음밥은 물론, 계란말이에 어묵까지 휘리릭 볶아서 내주었다. 그리고 마지막으로 냉장고에서 맥주 캔을 꺼내 우리 앞에 놓아주었다. 나는 깜짝 놀라 미정 엄마를 바라보았는데, 미정은 익숙한 일이라는 듯 손가락을 놀려 캔을 땄다. 개운한 소리가 났다.

"처음 마셔보니?"

미정 엄마의 물음에 내가 고개를 끄덕거렸다. 그러자 미정 엄마가 검지를 입에 갖다 대더니 속삭였다. 우리끼리만 아는 비밀인 거야. 나는 떨리는 마음으로 커다란 맥주 캔을 바라보았다. 그리고 조심스레 미정이 했던 것처럼 손가락을 놀려 캔을 따려고 했지만, 실패로 돌아갔다. 그러자 미정 엄마가 대신 맥주 캔을 따 주었다. 나와 미정, 미정 엄마는 서로의 맥주 캔을 부딪치며 짠, 소리를 낸 뒤 꿀꺽꿀꺽 마셨다.

단숨에 기분이 무척 좋아졌다. 미정 엄마는 나와 미정에게 왜 아이들은 술을 마시면 안 되는지 이해가 안 간다고 했다. 술은 하늘의 축복이야. 미정 엄마는 그렇게 말하면서 맥주 한 캔을 단숨에 들이켰다. 나는 미정 엄마를 보며 또 나의 엄마를 떠올리고 말았지만, 그런 생각은 금세 잊었다. 술이 있었기 때문이었다. 정말이지, 왜 어른들은 좋은 건 다 저들만 하려고 하는 걸까. 나는 그렇게 약간 어른이 된 기분을 즐기며 홀짝홀짝 맥주를 마셨다. 그리고 그들의 대화에 자연스럽게 끼기 위해 노력했다.

"희조야."

미정 엄마가 내 이름을 나직이 불렀다.

"네?"

"내가 어떻게 우리 집을 다시 일으켰는지 아니?"

"어떻게요?"

"안 먹고, 안 쓰고, 후진 사람 취급받으면서 악착같이 버텼다."

나는 달리 할 말이 없어 그저 고개를 끄덕였다. 우리는 한참을 먹고 마셨다. 저녁 시간이 훌쩍 지났지만, 좀처럼 집에 가고 싶은 마음이 들지 않았다. 나는 조심스레 미정 엄마에게 물었다. 자고 가도 돼요? 그러자 미정 엄마는 흔쾌히 허락해주었다. 심지어 엄마에게 직접 전화를 걸어주겠다고 했다. 미정은 환호했다. 옛날 생각난다, 그치? 나도 웃으며 고개를 끄덕였다. 미정이 내게 손을 내밀었다. 가자. 내 방 구경시켜줄게.

*

　미정의 방은 난잡했다. 온갖 화장품이 늘어진 책상에는 자습서가 성의 없이 쌓여 있었다. 미정은 방을 구경시켜준다더니 들어오자마자 자신의 분홍색 철제 침대에 누워 문자를 했다. 실실 웃어가면서. 나는 그런 미정을 힐끗거리면서 들꽃 무늬의 노란 벽지를 손으로 쓸어보았다. 미정의 방은 생각보다 너무 평범해서 놀라웠다. 방바닥에는 자물쇠가 달린 다이어리가 아무렇게나 널브러져 있었다. 나는 그 조악한 자물쇠를 가만히 바라보다가 미정에게 물었다.

　"누구랑 문자해?"

　"태규."

　"너 현태규 진짜 좋아해?"

　그러자 재빠르게 휴대폰 자판을 누르던 미정의 손가락이 잠시 멈췄다. 그리고 다시 천천히 자판을 누르다 멈추기를 반복했다. 미정이 나를 바라보았다. 거실에서는 몰랐는데, 얼굴이 아주 붉어져 있었고 눈동자는 흐렸다. 나는 그런 미정의 흐트러진 모습을 보면서 가슴이 조금 빠르게 뛰는 것을 느꼈다.

　"착하잖아."

"착해서 좋아해?"

"무슨 말이 하고 싶은 거야?"

"우리 말이야."

"응."

"그때 말이야."

"입 맞춘 거 말하는 거지? 교감이 6학년 성준 오빠 뺨을 때린 날. 그래서 우리가 경찰서에 신고한 날."

그날에 대한 이야기를 미정이 먼저 할 거라곤 예상하지 못했다. 심지어 '입을 맞췄다'고 표현할 거라곤 상상도 하지 못했다. 나는 미정의 의중을 파악하려고 미정의 얼굴을 빤히 바라보았는데, 보면 볼수록 미정의 표정은 미궁 그 자체였다. 나는 누워 있는 미정에게 천천히 다가갔다. 그리고 얼굴을 가까이 들이밀었다. 그러자 미정이 고개를 돌려 피했다. 나는 그 모습에 용기가 생긴 나 자신을 느낄 수 있었다. 그래서 그랬다. 미정의 뺨을 잡고 얼굴을 들이민 채로 말했다.

"너에게는 아직 한 번의 은총이 남아 있다는 걸 알아. 할머니와 아버지, 그다음의 죽음에 대해선 말한 적 없잖아."

"그건 그냥 그때……"

"현태규를 죽여. 난 걔가 존나 싫거든."

나는 그렇게 말하고 자리에서 일어나 미정의 방문을 열었다. 그러자 미정이 물었다.

"어디 가?"

"화장실."

"작은 일 볼 때는 물 내리지 마."

"왜?"

"그게 우리 집 룰이야."

화장실에서는 정말이지, 알 수 없는 냄새가 났다. 변기에는 정말 노란 오줌이 모여 있었고 나는 차마 그곳에서 볼일을 볼 수 없었다. 칫솔도 한 개밖에 없었다. 나는 미정과 미정 엄마가 칫솔을 함께 쓰는 거로 추측했다. 그것은 아주 그럴듯한 추측이었다. 나는 찬물로 세수를 하면서 미정에게 그런 말을 한 나자신이 썩 마음에 든다고 생각했다.

다시 미정의 방으로 돌아갔을 때, 미정은 잠들어 있었다. 아니, 잠든 척하는 것일 수도 있었다. 상관없었다. 나는 미정을 가만히 바라보다가, 우리가 뒷산에서 잠시 입을 맞췄던 순간을 떠올렸다. 각자의 우울한 나날들에 대해서 떠들면서 보이지 않는 앞날을 공유하던 그 순간을. 어쩐지 얼굴이 가까워지고 미정

예소연

이 먼저 다가와 내 입술을 살짝 깨물었던 순간을. 나는 그제야 확신했다. 내가 미정에게 느끼는 이상한 열정은 나만의 것이 아니었음을. 나와 미정은 현태규 새끼가 결코 끼어들 수조차 없는 관계인 것이다.

칠이 벗겨진 하얀색 장롱 앞에는 미정의 롱샴 백팩이 놓여 있었다. 나는 가만히 잠든 미정을 바라보다가, 그 롱샴 백팩을 들었다. 소리가 나지 않게 최대한 조심하며 그것을 메어보았다. 전신 거울에 롱샴 백팩을 맨 내 모습을 비춰봤다. 정말이지, 어울리지 않았다. 그러니까, 그게 문제였다. 우리는 아주 비슷한 사람인데도 불구하고 결코 어울리지 않았다. 그건 누구의 문제도 아니었다.

"비밀로 해줄게."

미정이 누워 있는 자세 그대로 내게 말했다.

"뭘?"

"태규 죽여 달라고 한 거."

"너도 좀 솔직해져. 걔 싫잖아."

"죽여버리고 싶을 만큼 싫어한다고 모든 게 해결되지 않아."

나는 롱샴 백팩을 멘 채로, 누워 있는 미정을 가만히 바라보다가 고개를 끄덕였다. 미정은 별다른 말

을 하지 않았다. 하지만 나는 미정이 모종의 후회를
하고 있다는 것을 알 수 있었다. 그러니까, 누군가가
죽기를 바라는 마음을 가진다는 건 좋지 않은 일이
다. 하지만 그럼에도 나는 내 마음속에 일어나는 현
태규에 대한 증오를 잠재울 수 없었다. 미정은 이상
하게 늘 나보다 한 발짝 앞서 있었다.

*

그날 이후로 나는 엄마를 졸라 교복을 타이트하
게 줄였고 미정과 스킨푸드에 가서 비비 크림을, 에
뛰드하우스에 가서 틴트를 샀다. 처음에는 어색했지
만, 시간이 지날수록 나에게 맞는 화장법을 알게 되
었다. 학교에서는 자연스럽게 윤다혜의 역할을 내가
맡았다. 그러니까, 군것질거리를 사 오고 숙제를 베
끼도록 내어주고 무리 중 누구나 쓰다듬을 수 있도록
머리를 들이미는 역할. 현태규와 무리들은 내게 무슨
짓을 했는지 전혀 기억이 나지 않는 것처럼 굴었다.
나는 그들과 어울리면서도 마음의 앙심을 그대로 품
고 있었다. 하지만 앙심을 드러내는 일은 결코 일어
날 수 없었다. 나는 그럴 주제가 되지 못했으니까.

하지만 일어날 일은 일어나고야 만다. 내게는 불행은 언젠가 닥쳐오고 만다는 믿음이 있다. 그건 무엇이든 할 수 있다는 낙관적 믿음과는 또 다른 생존 방식이다. 나에게 있어 중요한 건 어떤 불행이 닥치더라도 그럭저럭 살아갈 수 있게끔 하는, 그런 식의 마음가짐이었다.

그날 미정은 한껏 들뜬 얼굴로 내게 갈 곳이 있다고 했다. 어디? 비밀이야. 미정은 그렇게만 말하곤 종례 후 나를 어딘가로 데려갔다. 허름한 상가의 옥탑이었다. 그곳에는 현태규와 그의 무리가 있었다. 여기가 어딘데? 내가 묻자 미정이 아무렇지도 않게 말했다. 다혜네. 그러니까, 윤다혜의 아버지가 지방에서 일을 하기 때문에 혼자서 자취를 하고 있고 이곳을 현태규 무리가 아지트로 사용한다는 것이었다. 나는 잔뜩 어지럽혀지고 곳곳에 곰팡이가 핀 그 집을 둘러보며 눈살을 찌푸렸다.

이윽고 파티가 시작되었다. 파티라고 해봤자 소주며 맥주를 늘어놓고 야채타임 같은 몇 가지 과자 종류를 먹고 마시고 담배를 피우는 것이 다였다. 그들은 한껏 술에 취한 채 게임을 하고 춤을 추고 노래했다. 그중 한 커플은 저들끼리 방으로 들어가 한참을 나오지 않았다. 나는 어정쩡하게 자리를 지키다가 현태규 무리 중 한 명이 윤다혜에게 치근덕대는 모습을 보았다. 윤다혜는 어깨를 움츠리며 피하고 있었다. 딴청을 피우며 최대한 모른 척했지만, 신경은 온통 그쪽에 쏠려 있었다. 쪽, 하는 소리가 들리고, 하지마, 하는 윤다혜의 풀 죽은 목소리가 들렸다.

"그만하라잖아."

그렇게 말한 것은 미정이었다. 미정이 그 남자애와 윤다혜의 사이에 파고들어 앉았다. 그러자 현태규가 또 다가와 미정의 손을 잡아끌었다.

"왜 초를 쳐."

"싫다잖아."

"얘가 싫은 게 어디 있어."

그 순간, 나와 미정의 눈이 마주쳤다. 나는 미정에게 정말로 묻고 싶었다. 너는 이 새끼가 정말 착하다고 생각하는 거니? 미정도 그런 내 마음을 알아차린 것 같았다. 그런데 미정은 현태규에게 화를 내기는커녕 나를 보며 말했다.

"야, 눈 깔아."

그러자 일순 분위기가 이상해졌다. 나는 한껏 띄워 올린 앞머리가 갑자기 부끄럽게 느껴졌다. 견딜 수 없이 처참한 기분에 사로잡혔다. 나는 늘 미정을 동경해왔지만, 이건 아닌 것 같았다. 나는 왜 스스로 이런 취급을 받도록 내버려두는가. 나는 자리를 박차고 일어나 밖으로 나갔다. 미정은 곧바로 나를 따라왔다.

"뭐가 문젠데."

미정이 물었다.

"네가 내 인생을 망쳤어."

나는 그 말을, 하고야 말았다. 우리가 짧은 키스를 나눈 이후로, 미정의 아빠가 돌아가신 이후로, 내가 그것을 미정의 '은총'이라고 생각하게 된 이후로 나는 돌이킬 수 없는 음침한 청소년이 되고야 말았다. 세상은 죽음에 대한 열망을 지닌 청소년을 그런 식으로 판단했으니까. 하지만 도대체 그렇지 않은 아이들이 존재하기나 한단 말인가?

"웃기지도 않아. 은총이니 뭐니, 그건 다 거짓말이었어. 널 겁주려고 그랬던 거야."

나는 그런 말을 잘도 지껄이는 미정에게 다가갔다. 우리가 공유했던 내밀한 무언가가 전부 거짓일 수는 없는 것이다. 나는 단 한 번도 은총이라는 단어가 거룩한 무언가라고 생각해본 적이 없었다. 그러니

까 내가 아는, 은총은…… 우리가 가진 열띤 욕망. 그
것이었다. 미정과 나의 얼굴이 점점 가까워졌다. 내
가 생각하고 있는 무언가를 너도 생각하지 않니. 나
는 미정이 그럴 거라고 확신했다.

　그때 뒤늦게 현태규가 미정을 따라 나왔다. 둘이
왜 그래? 나 몰래 사귀어? 실실거리면서 그렇게 말
한 다음 미정의 볼에 가볍게 뽀뽀를 했다. 미정이 현
태규를 밀쳤다. 그러자 현태규가 자신의 몸을 미정의
몸에 가깝게 밀착시켰다. 미정은 소리를 지르며 다시
현태규를 밀쳤다. 현태규의 마른 몸이 옥상 난간에
세게 부딪혔다.

　"아, 씨발."

　현태규가 미정의 뺨을 때렸다. 철썩, 하는 큰 소
리가 났다. 나는 꼭 내가 뺨을 맞은 것 같은 충격에 휩
싸였다. 눈앞이 새하얘졌다. 어떤 생각도 할 수 없었
다. 그냥 현태규 이 새끼를 죽여야겠다는 생각밖에
들지 않았다. 그래서 그랬다. 현태규에게 덤벼들었
다. 현태규는 잠시 당황한 것 같았지만, 손쉽게 나를
떼어내고 발로 걷어찼다. 나는 옥상 바닥에 나동그라
졌다. 그리고 윤다혜가 현관문을 열고 나동그라진 나
를 바라보았다. 눈이 잔뜩 풀려 있었다. 나는 그런 윤

다혜를 보자 더욱 견딜 수 없는 마음이 되어버렸고, 다시 한번 이 세상에는 아주 견고한 결함이 존재한다는 것을 실감했다. 그 순간, 미정이 현태규를 껴안았다. 그리고 있는 힘껏 난간을 향해 내달렸다. 푹, 묵직한 자루 떨어지는 소리가 났다.

*

현태규는 심각한 부상을 입었고 그것은 미정도 마찬가지였다. 그리고 그 사건 때문에 내가 질 나쁜 무리들과 어울린다는 사실을 내 부모가 전부 알게 되었다. 아빠는 참지 못하고 내게 손찌검을 했고 엄마는 배를 부여잡고 오열했다. 도대체 왜 그러는 거니. 우리가 할 수 있는 건 다 해줬잖아. 나는 내가 왜 이러는지 모르겠다는 모부의 말이 더 이상하게 들렸다. 내가 모르면, 그들은 알아야 하는 것 아닌가?

그 일과는 별개로 나는 미정이 그리웠다. 들리는 소문에 의하면 미정이 또다시 전학을 갈지도 모른다고 했다. 병원 앞을 몇 번이나 서성거렸지만, 쉽사리 들어갈 용기가 나지 않아 돌아오기를 반복했다. 그러다가, 미정 엄마에게 전화가 걸려 왔다.

―미정이가 기다린다. 네가 보고 싶대.

나는 미정 엄마의 말이 진짜일지 의문이 들었지만, 일단 미정을 만나기로 마음을 먹었다. 그때처럼 시장에서 과일을 사 들고 병실을 찾았다. 그곳에는 미정 엄마와 미정 그리고 윤다혜가 있었다. 나는 윤다혜가 있다는 사실에 조금 놀랐지만, 아무렇지 않은 척했다. 미정 엄마는 나에게 자리에 앉으라고 했다. 나와 윤다혜는 미정을 앞에 두고 나란히 앉은 모양새가 되었다. 그리고 건너편에는 미정 엄마가 팔짱을 끼고 있었다.

"그러니까, 내가 너희들을 부른 건."

미정의 엄마가 잠시 뜸을 들이다가 말했다.

"너네는 결코 걸레가 아니라는 말을 하기 위해서야."

어쩐지 위엄이 서린 목소리였다. 나는 처음으로 미정 엄마에게서 어떤 어른다운 힘을 느꼈다.

"자, 말해봐. 나는, 걸레가, 아니다."

나와 윤다혜는 괜스레 미정의 눈치를 봤다. 우리가 우물쭈물하자 미정 엄마가 더 큰 소리로 우리에게 말했다. 나는, 걸레가, 아니다. 나와 윤다혜는 조그만 목소리로 미정 엄마의 말을 따라 하기 시작했다.

예소연

"나는…… 걸레가…… 아니다……"

"우리는 시궁창에 살고 있다."

"우리는…… 시궁창에…… 살고 있다."

"시궁창에는 더러운 쥐들뿐이다."

"시궁창에는…… 더러운…… 쥐들뿐이다."

나와 윤다혜는 뜻 모를 그 말들을 천천히 따라 했다. 그런데 이상하게 눈물이 났다. 내가 훌쩍거리자 윤다혜도 훌쩍거렸다. 미정도 마찬가지였다. 우리 셋은 그렇게 이상한 주문을 외며 기묘한 슬픔에 사로잡혔다. 미정 엄마가 침대를 빙 둘러 와서 나와 윤다혜를 뒤에서 안아주었다. 그리고 말했다. 우리는 더럽고 지저분한 곳에서 살아. 그렇지만, 결코 그들과 같아질 필요는 없단다. 나는 남편이 죽고 나서 활력을 되찾았어. 그건 내 탓이 아니지 않니?

그렇게 미정의 병문안을 마치고 나서 윤다혜와 나는 터벅터벅 집으로 향했다. 윤다혜가 골목에 들어서더니 주변을 둘러보고 담배를 꺼냈다. 너도 할래? 우리는 담배 하나를 번갈아 피웠다. 매캐한 연기가 가슴 속을 시리게 훑고 지나갔다. 먼저 말을 꺼낸 건 윤다혜였다.

"맞짱 떴을 때 말이야."

"응."

"난 네가 이겼다고 생각 안 해."

"나도."

"그럼?"

나는 대답하지 않았다. 대신 윤다혜가 들고 있던 담뱃갑을 뺏어 내 가방 안에 쑤셔 넣었다. 야, 귀한 건데. 윤다혜는 그렇게만 말하고 내게서 담배를 다시 가져가지 않았다. 그렇게 우리는 헤어졌다. 집에 가는 도중에 미정에게 문자가 왔다. 장문의 문자였다. 나는 그 문자를 읽지 않고 그냥 삭제해버렸다. 조금 후회했지만, 이윽고 후회 따윈 하지 않는 채로 삶을 새롭게 시작해야겠다고 다짐했다.

집에 도착하니 엄마가 아기 옷들을 정리하고 있었다. 이모들에게 받았어. 네가 입었던 옷을 물려줬는데, 그걸 다시 받았어. 엄마는 묻지도 않았는데 말했다. 나는 그런 엄마가 구질구질하다고 생각했다. 빛이 엄마의 얼굴을 반쯤 비추고 있었다. 몹시 따뜻한 오후였다. 문득 더이상 덥지 않은 날씨를 실감했다. 여름이 지나고 있었다. 나는 가을이 되어도 겨울이 되어도 학교에 나갈 것이고 학교는 그러려고 있는 곳이라는 생각이 들 만큼 나에게 언제나 냉정하겠지.

예소연

동생이 태어나면 조금 달라질까. 그럴 린 없다고 생각했다. 그리고 엄마에게 말했다. 엄마. 나는 여기에서 아주 멀리 떨어진 고등학교에 갈 거예요. 그러자 엄마가 대답했다. 그건 차차 생각해보자꾸나. 나는 엄마의 조금 부른 배를 보며 이번만큼은 이들이 절대로 내 삶의 결정권자가 되지 않도록 할 것이라고 다짐했다.

인터뷰   예소연×최선교

최선교 안녕하세요, 예소연 작가님. 『소설보다: 봄 2023』에 이어 겨울에도 만나게 되어 반갑습니다. 봄과 겨울이라니, 아주 다른 두 계절에 걸친 만남이라고 생각하니 재미있습니다. 「우리는 계절마다」라는 제목과도 잘 어울리는 만남인 것 같아요. 이 소설 역시 지난여름 『현대문학』 6월호에 발표하신 「아주 사소한 시절」이라는 단편소설의 후속작이기도 한데요. 여러모로 봄에서 겨울로 건너오는 동안 잘 지내셨나요?

예소연 정말 반가워요. 또 이렇게 인터뷰를 할 기회가 찾아오다니, 제게는 너무 행운 같은 일입니다. 저는 그간 조금 불행한 일에 휘말려 정처 없이 휩쓸리다가 겨울을 맞이해버렸어요. 안 좋은 소식을 전하는 것 같아 마음이 좋지 않지만, 그게 사실이라 이렇게 답변을 드립니다. 「아주 사소한 시절」과 「우리는 계절마다」는 말씀하신 것과 같이 연작소설이라고 볼 수 있는데요. 두 제목이 한 문장으로 이어지게끔 만들고 싶었어요. '아주 사소한 시절, 우리는 계절마다'라고 했을 때 누구든지 다른 시절과 다른 계절의 느낌을 상상할 수 있도록 말이에요. '아주 다른 두 계절에 걸친 만남'이라는 게 저도 참 신기한데요. 선생님의 문장을 곱씹다 보니 지금 일어나고 있는 일을 봄의 제가 전혀 예상하지 못하고 있었다는 것이 너무 신기하고 야속하게 느껴져요. 당연한 일인데도 말이에요. 그러니까 사람들이 후회하고 또 다짐하고 다시 후회하기를 반복하는 것이겠죠?

최선교 앞서 언급한 것처럼 이번 소설은 지난여름에 발표한 「아주 사소한 시절」의 후속작으로 보여요. 「아주 사소한 시절」은 중학생이 되기 전에 '나'와 '미정'이 함께했던 시절을 배경으로 하면서 '나'가 '미정' 아버지의 죽음을 목격한 사건 등을 다룹니다. 지금보다 어렸던 '나'는 공부도 못하고 음침함이 겉으로 모조리 드러났던 반면에, 「우리는 계절마다」에는 사뭇 다르게 보이는 '나'로 등장한다는 점에서 두 소설 사이에 비어 있는 시간을 상상하게 됐습니다. 이렇게 달라진 점들도 있지만, 두 소설 모두 아무 잘못을 하지 않았는데도 삶이 엉망이 되어가는 감각이나 처음으로 마주하는 감정에 이름을 붙이게 되는 사건들을 그리고 있습니다. 위태롭고, 어떤 면에서는 절망스러울 정도로 피동적인 삶을 살 수밖에 없는 아이들의 터지기 일보 직전 마음이 꾹꾹 눌러 담겨 있는 것 같은데요. 이렇게 이어지는 두 편의 소설을 기획하신 이유나 조금 다른

'나'의 두 시절을 쓰면서 염두에 두셨던 점이 있나요? 두 소설을 쓰는 각각의 시간에 작가님의 마음이 어떻게 같고, 달랐는지도 궁금합니다.

예소연 아이들이 가진 무구함을 떠올렸을 때, 저는 그 무구함으로 말미암아 행해지는 섬뜩한 폭력들이 먼저 떠올라요. 그건 아마 청소년기의 제가 주로 그런 것들을 많이 봐왔기 때문인 것 같습니다. 학교라는 제도 안에서 나름의 규칙을 만들고 무리를 꾸려나가는 아이들을 보면 누군가를 배제하고 포함시키는 방식을 몹시 빠르게, 영리한 방식으로 깨우쳐요. 그것도 지금에 와서야 제가 느끼게 된 거지만요. 그 시절에는 저도 어떤 무리에 포함되기 위해서, 아이들이 설정해놓은 범주에 포함되기 위해서 부단히 노력했거든요.「아주 사소한 시절」의 주인공은 아직 그런 노력을 해볼 시도조차 하지 못했던 아이로 그리고 싶었고「우리는 계절마다」에서의 주인공은 나름대로 생존 방식을 강구한 아이로 그리고 싶었어요. 어른들이 말하는 소위 '성장'이란 것이 결국 제도 안에서 그런 식으로밖에 이루어지지 않는다는 걸 보여주고 싶었어요. 하지만「아주 사소한 시절」의 주인공 희조에 대해서 그릴 때만 해도, 서사가 그 아이의 불행에 집중되어 있었어요. 그런데 「우리는 계절마다」를 쓸 때는, 희조를 출구 없는 불행 속에 영영 가둬두는 게 맞나, 그런 생각이 들더라고요. 어쨌든 희조도 성인이 되고, 나름의 삶을 살아갈 텐데, 그 세상이 전부인 줄로만 아는 사람이 되기를 바라지는 않았어요. 그렇게 다른 마음가짐으로 두 소설을 썼고, 제 생각에는 그런 마음가짐이 각각 소설 속 다른 결말을 만들어낸 것 같습니다.

최선교 소설에는 학창 시절 교실에서 흐르던 묘한 긴장감이나 암묵적으로 설정된 또래 집단 내 계급과 서열 등이 묘사됩니다. 그 시절 또래 집단 사이를 오고 갔던 많은 감정은 말보다 동물적이고 본능적인 직감으로 경험하곤 했던 기억이 납니다. 아무도 말하지 않지만 모두가 알고 있는 질서 같은 것들이요. 어른들 눈에는 단순한 다툼이나 장난으로 보이는 사건들 이면에 상상도 못할 만큼 많은 감정과 생각들이 존재하는 시절이기도 하지요. 그래서인지 설익은 마음에 충동적으로 저지른 듯 보이는 '나'의 행동 뒤에 "그래서 그랬다"라는 문장들이 반복적으로 등장하면서 나름의 이유를 설명하는 것 같아요. 이처럼 이 소설의 문장들에서는 당시에 그 시절을 실시간으로 경험하는 '나'도 아닌, 그렇다고 그 시절을 다 지나 보낸 뒤에 추억거리로 회상하는 '나'도 아닌 듯한 관찰자의 시선이 느껴집니다. 이런 시선을 따라가면서 어쩌면 우리는 어린 시절의 자신으로부터 완전히 졸업할 수 없다는 생각을 하기도 했습니다. 소설을 쓰면서 어떤 위치에 있는 화자를 생각하셨나요?

예소연 처음 이 소설을 계획할 때, 연작소설로 계획했어요. 그래서 화자를 몇 년이 지나서 그때의 일을 회상하는, 하지만 여전히 청소년기를 보내고 있는 인물로 설정했습니다. 그러다 보니 자연스럽게 관찰자의 시선을 가지게 된 것 같아요. 그리고 "그래서 그랬다"라는 문장이 반복적으로 등장하는 이유는, 그 아이가 저지른 일들을 그 아이가 스스로 떠올렸을 때 결코 자신의 온전한 문제로 생각하지 않기 때문입니다. 누구라도 그럴 거로 생각해요. 그런 지독한 현실에 놓인 아이들이 과연 모든 문제를 자신의 문제라고만 생각할까요? 다들 알다시피 우리는 태어나고 싶어서 태어난 존재가 아닙니다. 태어난 지 얼마 되지 않은 존재들은 그런 아이러니를 더욱 깊이 절

감할 것이라고 생각합니다. 지금에서야 우리는 어쩔 수 없이 살게 된 것을 받아들여야만 하는 나이이지만, 그들은 아직 그렇지 않잖아요. 그걸 다른 의미에서 성숙이라고 생각할 수 있을지는 모르겠습니다.

최선교 '은총'이라는 단어가 눈에 들어옵니다. 「아주 사소한 시절」과 「우리는 계절마다」를 관통하는 단어이기도 합니다. '미정'은 미워하는 사람이 죽기를 기도하면 전부 죽게 되는 세 번의 기회를 '은총'이라고 부르죠. 사전적 정의에서 은총은 '높은 사람에게서 받는 특별한 은혜와 사랑'이라고 합니다. 읽는 사람에 따라 다르겠지만, 저는 은총이란게 누군가에 의해서 그것을 받는 방법밖에 없기에 묘하게 '받는 사람'보다 '주는 사람'의 권한이 강조되는 것처럼 읽혔어요. 외부적 환경이나 타인에 의해서 삶의 많은 부분이 결정되는 시간을 사는 '나'의 위치와 역설적인 구도를 만드는 것 같기도 하고요. 단어가 주는 성스럽고 자비로운 분위기와 달리 스스로 획득할 수 없다는 점에서 잔인한 면도 있네요. 하지만 '은총'은 단 한 가지의 해석으로 정리될 수 있는 단어가 아닌 듯합니다. 소설 후반부에서 '나'는 "은총이라는 단어가 거룩한 무언가라고 생각해 본 적이 없었"으며 그것은 "우리가 지닌 열띤 욕망"이었다고 설명하니까요. 소설에서 '은총'이라는 단어를 선택하신 이유나 이 단어가 전달하기를 바랐던 느낌 같은 것이 있나요?

예소연 높은 존재에게 무언가를 갈구할 때 우리는 은총을 내려달라는 말을 많이 씁니다. 성스럽게 느껴지기도 하고, 간절하게 여겨지기도 하죠. 하지만 말씀하신 대로 은총은 보편적으로 내려지는 것이 아니잖아요. 누군가의 삶은 안온한 사랑으로 충만하고 누군가의 삶은 치덕치덕한 불행으로 가득해요. 그 속에서 아이들이 갈구하는 '은총'이란 조금이라도 자신의 삶이 나아지기를 바라는, 이 정처 없는 삶 속에서 갑작스럽게 내려지기를 바라는 단 한 줄기 희망이라고 생각했어요. 미정의 경우에는 우리 가족을 망친 아빠의 죽음, (소설에는 나오지 않았지만) 가족을 지독히도 괴롭혔던 할머니의 죽음 같은 것들을 '은총'이라고 부를 만큼 비뚤어지긴 했지만요. 저는 어릴 때 그럴듯해 보이는 단어를 쓰임에 맞지 않게 쓰는 습관이 있었는데요. 그게 어쩐지 멋있어 보이고, 어른이 된 것 같은 느낌을 줬거든요. 저는 이 아이들이 그런 식으로 '은총'의 단어를 잘못 쓰고 있

다고 생각했어요. 다만, 무언가를 염원하는 강렬한
마음, 그 마음을 전달할 수 있는 어떤 단어를 찾다 보
니, 그런 '은총'이라는 단어를 쓰게 된 것이라 생각했
어요.

최선교 그 시절의 '나'를 화나게 하는 것들에 대해 생각해
봤어요. '윤다혜'와 맞짱을 뜨고 집으로 돌아온 '나'는 "하
지만 지금 내 상황을 어디서부터 어떻게 설명할 수 있단
말인가?"라고 생각하며 아무 설명도 하지 않습니다. '나'
의 "세계가 이루 말할 수 없는 불가해한 상황으로 구성"
되었거니와, 가족이 그것을 이해해줄 것이라는 기대를 하
지 않기 때문일 텐데요. 소설에서 '가족'의 존재는 '나'의
의지와 무관하게 '나'의 많은 것을 바꾸고 결정하는 그 시
절 삶의 잔혹함을 대표하는 것 같기도 합니다. 가족은 나
에 대해 아무것도 모르지만, 그 누구보다 나의 많은 것들
을 결정하니까요. '나'가 분노하는 순간은 이런 때인 것 같
기도 해요. '엄마'의 임신 소식을 들었을 때나, 싸우고 싶
은 마음이 없는데도 '윤다혜'와 맞짱을 떠야 하는 때처럼
'나'의 의지와 무관하게 발생하는 모든 사건을 마주하는
순간들이요. 하지만 소설에서 '나'가 분노를 느끼는 대상
은 '가족'이나 '윤다혜', 심지어는 '현태규'일 때도 있지만

'미정'에게는 조금 다른 감정을 느끼는 것 같습니다. 어찌 보면 '미정'은 '나'를 가장 화나게 할 수 있는 존재여야 하잖아요. 그런데 '윤다혜'의 자취방에서 미정에게 "야, 눈 깔아"라는 말을 들었을 때 "처참한 기분"을 느낍니다. 그리고 곧이어 '미정'의 뺨을 때린 "현태규 이 새끼를 죽여버려야겠다는 생각"을 하죠. '미정'은 "네가 내 인생을 망쳤어"라는 말을 들을 정도로 '나'의 삶에 아주 큰 부분을 결정하는 존재였을 텐데, '미정'을 향하지 않는 '나'의 '분노'의 이유가 궁금해집니다. 소설에서 '나'가 느끼는 '분노'에 관해 해주실 이야기가 있을까요?

예소연 정말, 분노라는 감정은 정처 없는 것 같아요. 누군가를 죽도록 미워하다가 정신을 차리고 보면 그 화살은 온전히 나를 향해 있기도 합니다. 가족이나 학교라는 울타리 안에서 이루어지는 폭력과 혐오는 엎치락뒤치락하는 생동의 현장 그 자체예요. 그런 주어진 상황 안에서 희조는 어떤 염원의 '대상'을 찾고 싶었던 것이라고 생각했어요. 내가 되고 싶은 사람 혹은 사랑을 줄 수 있는 사람, 이 지독한 공간에서 어딘지 좀 다른 사람. 그런 식으로 의미 부여를 할 존재를 찾았고 그 대상이 바로 미정이었던 거죠. 상상을 해봤어요. 지금도 우리는 피해와 가해의 메커니즘에서 수많은 혼란을 겪습니다. 피해자였던 사람이 가해자가 되기도 하고, 가해자였던 사람이 피해자가 되기도 해요. 그럴 때마다 우리는 사건이 어떤 방식으로 '규명'될지에 대해 혼란을 느끼기도 하고, 법적 판단이 최선이 아니라는 생각을 갖기도 합니다. 어른들도 혼란스러운 이 현실을, 아이들은 어떻게 받아들일까요? 더욱이 쉽게 폭력에 노출된 아이들이 옳고 그름을 판단하는 기준을 스스로 세울 수 있을까요? 무엇에 분노할 수 있을까요? 저는 그런 의미에서 희조의 분노는 이리저리 스파크가 튀는 불꽃 같은 느낌이라고 생각했어요. 어디로 뻗어나갈지 모르는 분노, 그 분노는 주어진 상황 자체가 불합리한 아이들의 내면에 뿌리 깊게 자리 잡을 것입니다. 그러면 그 분노는 필히 그 아이의 성정에 영향을 미치겠죠. 그런 생각을 하면 깊은 슬픔이 몰려옵니다.

최선교 '나'가 오랜만에 만난 '미정 엄마'에게서 불쾌함을 느끼는 대목이 흥미롭습니다. 화려하게 치장을 한 '미정 엄마'를 보면서 "그래도 누군가의 엄마인데. 이런 식이면 안 되지 않나?"라고 생각하죠. 이 불쾌함의 정체에 관해 더 듣고 싶습니다. 저는 '나'와 '미정 엄마' 사이에 어떤 공통점이 있다고도 생각했거든요. 남편을 잃은 여자/엄마에게 기대되는 역할을 수행하지 않는 '미정 엄마'는 어찌 보면 '나'가 원하는 삶의 방식을 살고 있는 것은 아닐까요? '나'는 자신이 결정할 수 없는 일들에 휘말리거나 기대되는 역할을 수행하는 데서 무력감이나 분노를 느끼는 사람이니까요. 한편, 소설의 말미에 이르러서 '미정 엄마'가 "너네는 결코 걸레가 아니라는 말을 하기 위해서" '나'와 '윤다혜'를 부른 장면도 눈에 들어옵니다. "나는, 걸레가, 아니다" "우리는 시궁창에 살고 있다" "시궁창에는 더러운 쥐들뿐이다"라고 하는 "이상한 주문"을 가르쳐준 사람이 '미정 엄마'여야 했던 이유는 무엇일까요? '미정 엄마'에 관해 남겨둔 이야기가 있다면 나누어주실 수 있나요?

예소연 아이들이 '엄마'라는 대상을 규정하는 방식에 대한 내용을 넣고 싶었어요. 아이들이 생각하는 '엄마'는 늘 정돈된 옷을 입고 가족을 위해 최선을 다하는 존재입니다. 무언가를 통제하고 그것이 전부 우리들을 위한 것처럼 말하는 존재이지요. 하지만 미정 엄마는 조금 다릅니다. 희조는 그런 엄마를 가진 미정이 부럽기도 하고, 낯섦을 느끼기도 합니다.

그 과정에서 불쾌감을 느낀 것입니다. 그리고 무엇보다도 남편을 잃은 여자이기도 하니까요. 응당 슬퍼하고 우울해야 할 사람이 그렇지 않을 때, 희조는 기묘한 감정을 느꼈을 것 같아요. 그런 미정 엄마는 희조에게 색다른 경험을 하게 해줍니다. 함께 맥주를 마시고, 꼭 동등한 위치에 있다는 느낌을 받게끔 대화를 이어나갑니다. 그런 과정에서 희조는 미묘한 부러움을 느끼기에 이릅니다. 그리고 결정적으로 미정 엄마가 희조와 윤다혜를 불러 복창하게 하는 장면에 이르러서는 희조가 자신의 삶을 이렇게 흘러가게 두지 않겠다고, 결심을 하게 만드는 존재이기도 하죠. 조금 욕심 같지만, 저는 희조에게 이런 어른도 있다는 것을 알려주고 싶다는 마음으로 미정 엄마를 등장시켰습니다. 순리를 강요하는 어른들로 가득한 희조의 세상에 그렇지 않은 단 한 명의 존재를 만들어주고 싶었어요.

최선교 마지막 질문입니다. 소설을 다 읽고 나서 저에게 남은 단어는 '탓'이었습니다. 살다 보면 도대체 왜 이런 일이 벌어진 거지? 하는 식의 질문을 하게 될 때가 있잖아요. 보통 견디기 힘든 일을 겪은 뒤에 하게 되는 질문이죠. 어떨 때는 불행한 일 그 자체보다 그 일에 의미나 이유가 없다는 사실 때문에 더 힘든 것 같기도 해요. 대부분 그런 일이 벌어진 이유를 하나로 특정하기가 불가능하니까요. 소설에서는 계속해서 그 누구의 탓도 아니라는 말이 반복적으로 등장합니다. '미정'과 '나'가 아주 비슷하더라도 어울리지 않는 건 "누구의 문제도 아니"라고 하거나, "나는 생각지도 못한 상황에서 걸레가 되고 그 짓거리 하는 년이 되고 씨발년이 된다. 그건 내 의도도 누구의 의도도 아니다. 세계가 그렇게 나를 그 범주에 포함시키는 것이다"라는 문장이 등장하기도 하죠. '미정 엄마' 역시 "나는 남편이 죽고 나서 활력을 되찾았어. 그건 내 탓이 아니지 않니?"라고 말합니다. 어떤 일이 벌어진 이유를 내 탓으로 돌리지 않는다는 점에서 위로가 되기도 하면서, 한편으로는 이 모든 현상의 원인을 특정할 수 없다는 허무함이 밀려오기도 합니다. 이 주제와 관련해서 나누어주실 이야기가 있는지 여쭙고, 추후 집필 계획까지 더해 질문하면서 인터뷰를 닫겠습니다.

예소연 정말 세상에는 불행한 일로 가득합니다. 저는 어릴 때부터 출구가 없는 불행의 도돌이표에 갇힐 때마다 누구의 탓도 하지 않는 습관을 들였습니다. 누군가의 탓으로 돌리는 순간, 내가 겪고 있는 지독한 불행은 정말 아무것도 아닌 게 되어버리더군요. 누군가를 미워하는 것뿐 할 수 있는 게 없고, 미워하는 마음은 정말 끝도 없이 옹졸하잖아요. 저는 제 슬픔을 행복과 같이 마음껏 누리면서 살고 싶습니다. 내 불행을 토로하고 위로받고 다시 우울감에 빠질 때면 그때 일어난 일들을 복기하면서요. 평생 지워지지 않을 기억이라면, 그 정도의 권리는 있다고 봅니다. 또 희조가 "누구의 문제도 아니"라고 진술한다거나 미정 엄마가 "내 탓이 아니지 않니?"라고 말하는 장면은 그래야만 그들이 살 수 있기 때문입니다. 그렇지 않고서는 편협한 삶의 테두리 안에서 탓이나 하는 존재가 되어버리니까요. 그것에 대한 자기방어라고 생각했습니다. 때로는 어떤 '탓'이 유효할 때가 있지요. 하지만, 그들은 구체적인 대상을 정하는 것보다 불가해한 영역에 불행을 위탁하는 것이 더 나은 사람들입니다. 그들의 불행이 구체적인 대상으로 말미암아 생겨난 것이라고 하면, 그들은 더 견딜 수 없을 것이라고 생각합니다. 그런 면에서 이 인물들은 저를 닮았네요.

추후 집필 계획으로는 「아주 사소한 시절」과 「우리

는 계절마다」의 뒤를 이은 소설을 한 편 더 쓰고 싶어요. 고등학생이 된 희조가 등장하는 소설입니다. 언제가 될지는 모르겠지만요. 지금은 조금 이색적인 장례식이 이루어지는 소설을 써보려고 계획 중입니다. 그리고 내년 상반기에는 소설집이 나올 예정입니다. 이렇게 제 이야기를 할 수 있는 자리를 내어주셔서 정말 감사합니다. 조금 더 나은 미래를 위해 노력해보겠습니다.

수록 작품 발표 지면

보편 교양『창작과 비평』 2023년 가을호
혼모노『자음과 모음』 2023년 가을호
우리는 계절마다『문학동네』 2023년 가을호